Otto Hirschfeld, Otto Benndorf

Festschrift zur fuenfzigjaehrigen Gruendungsfeier des Archaeologischen Institutes in Rom

Antigonos

Otto Hirschfeld, Otto Benndorf

Festschrift zur fuenfzigjaehrigen Gruendungsfeier des Archaeologischen Institutes in Rom

Unveränderter Nachdruck der Originalausgabe von 1879.

1. Auflage 2024 | ISBN: 978-3-38696-614-6

Antigonos Verlag ist ein Imprint der Outlook Verlagsgesellschaft mbH.

Verlag: Outlook Verlag GmbH, Zeilweg 44, 60439 Frankfurt, Deutschland
Vertretungsberechtigt: E. Roepke, Zeilweg 44, 60439 Frankfurt, Deutschland
Druck: Libri Plureos GmbH, Friedensallee 273, 22763 Hamburg, Deutschland

FESTSCHRIFT

ZVR

FVENFZIGIAEHRIGEN GRVENDVNGSFEIER

DES

ARCHAEOLOGISCHEN INSTITVTES

IN ROM

VON

O. BENNDORF VND O. HIRSCHFELD

ORD. MITGL. DES ARCHAEOL. INSTITVTES

WIEN

DRVCK VND COMMISSIONS-VERLAG VON CARL GEROLD'S SOHN

1879

ZVR GESCHICHTE DES LATINISCHEN RECHTS

VON

OTTO HIRSCHFELD

VEBER DAS CVLTVSBILD DER ATHENA NIKE

VON

OTTO BENNDORF

Zur Geschichte des Latinischen Rechtes

von

Otto Hirschfeld

Wol auf keinem Gebiete der römischen Alterthumskunde ist durch wichtige Funde unser Wissen in solcher Weise erweitert und vertieft worden, als auf dem bis in unsere Zeit nur wenig angebauten Felde des römischen Municipalwesens. Kaum sind 25 Jahre vergangen, dass Theodor Mommsen die kurz zuvor in Spanien gefundenen Stadtrechte von Salpensa und Malaca der Kenntniss des deutschen Publicums durch seine Ausgabe vermittelte und das Wesen der latinischen Gemeinden in der Kaiserzeit durch seinen Commentar erschloss. Und wiederum hat uns der reiche Boden Spaniens vor wenigen Jahren in den beträchtlichen Resten des Cäsarischen Stadtrechtes von Urso ein kaum minder farbenreiches Bild einer römischen Bürgercolonie an dem Wendepunkte zwischen Republik und Monarchie geboten. Man darf schon jetzt die Behauptung wagen, dass, so erwünscht zur Ausfüllung mancher Lücken vor Allem die Ergänzung der fehlenden Partien dieser Documente, die als Repräsentanten ganzer Gattungen einen mehr als individuellen Werth beanspruchen, sein würde, die wesentlichen Umrisse des Gemäldes uns bereits deutlich erkennbar vor Augen getreten sind. — Was allerdings das Latinische Recht selbst und die Abstufungen desselben betrifft, von denen Gaius an einer viel genannten und viel verkannten Stelle handelt, so blieb selbst nach der Entdeckung der spanischen Stadtrechte in dieser Hinsicht für mannigfache Zweifel Raum. Es ist das Verdienst von Wilhelm Studemund, auch hier den, wie es schien hoffnungslos zerstörten Worten des Gaius Heilung gebracht zu haben, und zwar eine so leichte Heilung, dass, wenn man die jetzt handschriftlich gesicherte Ueberlieferung als Conjectur vorzubringen gewagt hätte, dieselbe eben wegen ihrer unerwarteten Einfachheit schwerlich auf den Beifall der Gelehrten hätte rechnen können.

Die für die spätere Form des Latinischen Rechtes classische Stelle des Gaius (I. 96) lautet folgendermassen: *aut maius est Latium aut minus: maius est Latium, cum et h[i] qui decuriones leguntur et ei qui honorem aliquem aut magistratum gerunt, civitatem Romanam consecuntur; minus Latium est, cum hi tantum qui magistratum vel honorem gerunt, ad civitatem Romanam perveniunt. idque compluribus epistulis principum significatur.*

Auf die älteren durch Studemund's Lesung beseitigten Hypothesen [1] nochmals einzugehen, erscheint nicht geboten; wohl aber dürfte es angemessen sein, nach dieser jetzt gesicherten Lesung die bei Schriftstellern und in Inschriften erhaltenen Nachrichten über die Schicksale des latinischen Rechtes in späterer Zeit zu prüfen, um wenn möglich eine Zeitgrenze für die Schaffung der von Gaius bezeichneten zwei Kategorien desselben zu gewinnen.

Ueber die von Gaius gegebene Definition kann kein Zweifel obwalten: nach dem *maius Latium* erlangen sowol die Decurionen als die Beamten, nach dem *minus* nur die letzteren das römische Bürgerrecht. Auffallend ist freilich, dass die regelmässig ganz synonymen Begriffe *honor* und *magistratus* an beiden Stellen verbunden erscheinen. Dass etwa unter den *honores* die Priesterthümer zu verstehen seien, wird man jedoch mit Mommsen [2])

---

[1]) Huschke (3. Ausgabe des Gaius 1878) vermuthet freilich auch jetzt noch, dass nach *gerunt: »librarium hic integrum versum omisisse huius sententiae: nec ipsi solum sed etiam liberi et parentes«* (ähnlich Polenaar in seiner Ausgabe Leyden 1876), zu welcher Annahme weder ein äusserer, noch meines Erachtens ein innerer Grund vorliegt; im Gegentheil werden wir sehen, dass die Verleihung des Bürgerrechtes sich auch auf die Angehörigen derer erstreckte, die nur das *minus Latium* erhielten. Huschke bemerkt freilich selbst: *»sed iam totus hic de Latii iure locus novo indiget tractatu.«*

[2]) Mommsen St. R. I² S. 8 A. 4: »zuweilen steht *magistratus* und *honor* neben einander, so bei Sueton Aug. 26. Modestinus Digg. 50, 12, 11. Dio 44, 47 und insbesondere bei Gaius I, 96, wonach diejenigen Latini das römische Bürgerrecht gewinnen, die *honorem aliquem aut magistratum gerunt.* Es hält schwer hierin nichts zu sehen als eine Tautologie, aber einen Unterschied anzugeben weiss ich nicht. Dass die Promagistraturen und gar die Priesterthümer so wenig *honores* sind, als *magistratus*, ist gewiss, wie denn auch durch die Uebernahme solcher Stellen der Latinus keineswegs das Bürgerrecht erhielt.«

[Bei der Correctur werde ich von Adolf Exner auf die so eben erschienene Abhandlung von Edouard Beaudouin *le maius et le minus Latium* in Nouvelle revue historique

aus sprachlichen, wie sachlichen Gründen verneinen müssen; ebensowenig kann die Controverse darüber, ob die Quästur als *honor* oder *munus* anzusehen sei [3]), Gaius zu dieser zwiefachen Bezeichnung veranlasst haben, da dieselbe in denjenigen Gemeinden, in denen sie als *magistratus* galt, natürlich zu den honores gehörte, während sie in den übrigen weder als *magistratus* noch *honor,* sondern eben nur als ein *munus* angesehen wurde. Auch an den als Stellvertreter des abwesenden Duovir fungirenden Präfecten kann man nicht denken, da derselbe nachweislich das Bürgerrecht nicht

---

du droit français et étranger III, 1879 Heft 1-2 (Januar—April) p. 1-30 und p. 111-169 aufmerksam gemacht. Beaudouin ist der Ansicht (p. 137 ff.), dass Gaius unter *magistratus* den Duovirat resp. die *praefectura iuri dicundo,* unter *honor* die Aedilität und Quästur verstehe; jedoch beweisen die von ihm beigebrachten Stellen nur die von Niemand bezweifelte Thatsache, dass der allgemeine Name *magistratus* zuweilen schlechthin für das höchste Gemeindeamt verwandt worden ist. Da aber unbestritten sowol *honor,* wie *magistratus* für sämmtliche ordentliche Gemeindeämter die solenne Bezeichnung bildet, so ist nicht abzusehen, warum Gaius, wenn es sich für ihn hier nur um diese drei Aemter handelte, sich nicht mit dem einen oder dem anderen Ausdruck begnügt haben sollte, um so mehr, als zu seiner Zeit die Erlangung des Bürgerrechtes durch Bekleidung des Duovirates ohne vorhergehende Absolvirung der niederen Aemter höchstens bei Einrichtung neuer latinischer Gemeinden in Betracht kommen konnte (vgl. Anm. 12). — Ganz verfehlt ist der von Beaudouin p. 141-169 versuchte Nachweis, dass bis auf Hadrian die Decurionenstellen ausschliesslich mit gewesenen Magistraten besetzt worden seien und erst seitdem die Adlection derjenigen, die kein Amt bekleidet hatten, sich in zahlreichen Fällen nachweisen lasse. Schon allein die Erwägung, dass bei dem bereits im ersten Jahrhundert regelmässig beobachteten *ordo honorum* darnach in jedem Jahre nur für zwei Stellen Candidaten vorhanden gewesen wären, also erst im Laufe von 50 Jahren die Curie sich ganz erneuert haben würde, genügt, diese ganz willkürliche und mit bestimmten Zeugnissen in Widerspruch stehende Hypothese zu verwerfen. Bestehen bleibt eben nur die bekannte und gleichfalls nie angezweifelte Thatsache, dass die Bekleidung der Magistratur, so lange zu derselben nicht der Besitz des Decurionates erforderlich war, d. h. also in den ersten zwei Jahrhunderten der Kaiserzeit, in die Curie führte, ohne dass jedoch die Adlection dabei jemals ausgeschlossen worden ist, noch ausgeschlossen werden konnte. — Auf die übrigen Ausführungen Beaudouin's hier einzugehen, liegt kein Grund vor, da dieselben sich mit meiner Arbeit kaum berühren; der Curiosität halber möge nur die von ihm in der bekannten von den Pisanern nach C. Caesar's Tod an Augustus gerichteten Beileidsadresse gemachte Entdeckung (p. 139) hier Erwähnung finden: »*les députés de la ville de Pise demandent à Auguste son fils pour præfectus.... comme c'est l'année de l'adoption de Tibère, il n'est pas douteux que c'est lui que les habitants de Pise demandent pour præfectus*«. Der vorausgeschickte Stoßseufzer: *l'inscription est très longue* dürfte doch nicht hinreichend motiviren, dass man ein solches Monument eingehend bespricht, ohne von seinem Inhalt die geringste Notiz genommen zu haben. Auch von den Inschriften gilt mit einer kleinen Variante das Lessing'sche Wort: »wir wollen weniger citiret und fleissiger gelesen sein.«]

[3]) Charisius Digg. 50, 4, 18, §. 2: *et quaestura in aliqua civitate inter honores non habetur, sed personale munus est* vgl. Mommsen St. R. I² S. 9 A. 2. Marquardt St. V. I S. 492 A. 4.

durch seine Stellung erlangt hat [4]), und so bliebe, wenn man nicht dem Gaius, der doch ohne Zweifel seine Definition den von ihm als Quelle genannten kaiserlichen *epistulae* entlehnt hat, eine Tautologie zumuthen will, höchstens die Beziehung auf den von dem Kaiser-Duovir bestellten Präfecten übrig, dessen Function sicherlich als *honor* [5]), da hier die kaiserliche Ernennung an die Stelle der Volkswahl tritt, aber nicht eigentlich als *magistratus* gelten konnte und der allerdings durch seine Amtsführung das Bürgerrecht erlangt zu haben scheint [6]).

So gut bezeugt nun durch Gaius und andere Schriftsteller [7]) die Erwerbung des römischen Bürgerrechtes durch Bekleidung eines ordentlichen Gemeindeamtes seitens der Latiner ist, so kann man doch zweifelhaft sein, ob diese Erwerbung sofort bei Antritt oder erst bei Niederlegung desselben erfolgt sei.

Nach den Worten des Gaius: *qui honorem aliquem aut magistratum gerunt, civitatem Romanam consecuntur.... qui magistratum vel honorem gerunt, ad civitatem Romanam perveniunt* möchte man sich zu der ersteren Auffassung veranlasst fühlen; auch die Worte Strabo's (IV, 1, 12): ὥστε τοὺς ἀξιωθέντας ἀγορανομίας καὶ ταμιείας ἐν Νεμαύσῳ Ῥωμαίους ὑπάρχειν scheinen für eine solche Deutung zu sprechen, und selbst der Ausdruck des

---

[4]) Lex Salpensana §. 25: *e]i qui ita praefectus relietus erit .. in omnibus rebus id ius e[a]que potestas esto praeterquam de praefeeto relinquendo et de c(ivitate) R(omana) consequenda, quod ius quaeque potestas h(ae) l(ege) IIviri[s qui] iure dieundo praeerunt datur.*

[5]) Callistratus Digg. 5o, 4, 14: *honor munieipalis est administratio rei publieae cum dignitatis gradu, sive cum sumptu sive sine erogatione contingens.*

[6]) Lex Salpens. 24: *si ... imp(erator) Domitian[us] Caesa[r] Aug(ustus) p(ater) p(atriae) eum II viratum receperit et loco suo praefeetum quem esse iusserit, is praefectus eo [i]n[r]e esto quo esset, si eum IIvir(um) i(ure) d(icundo) ex h(ac) l(ege) solum ereari oportuisset isque ex h(ac) l(ege) solus IIvir i(ure) d(icundo) ereatus esset.* Der Schluss *ex silentio* ist hier gestattet, da die beschränkende Clausel für den gewöhnlichen Präfecten sich in dem unmittelbar darauffolgenden Paragraphen findet. — Die Bestimmung, nach der unter Umständen nur ein einziger Duovir bestellt werden sollte, vielleicht wenn auf den zweiten sich nicht die absolute Majorität der Curien vereinigen konnte, ist uns verloren gegangen, doch scheint der Fall vorgekommen zu sein, dass neben dem einzigen Duovir auch nur ein Aedilis fungirte, wenigstens möchte ich darauf die Worte in §. 29 beziehen: *sive unum sive plures collegas habebit,* zu deren Erklärung die Annahme, dass auch die Aedilen als Collegen der Duoviren galten (Mommsen, Stadtrechte S. 433) allein noch nicht ausreicht. Dass zeitweilig gar keine Aedilen in Function hätten sein können, wird man doch schwerlich annehmen dürfen.

[7]) Vgl. die Stellen bei Marquardt St. V. I S. 55 A 8.

Asconius [8]): *ius dedit Latii .... id est ut gerendo magistratus civitatem Romanam adipiscerentur*, wie auch die in mehreren spanischen Inschriften wiederkehrende Wendung: *per honorem civitatem Romanam consecuti* spricht wenigstens nicht dagegen. Aber unvereinbar scheint eine solche Deutung mit dem Beginn der Salpensanischen Tafel, wenn die Ergänzung Mommsen's [9]): [*qui IIvir aedilis quaestor ex hac lege factus erit, cives Romani sunto, cum post annum magistratu*] *abierint cum parentibus coniugibusque* [*a*]*c liberis* das Richtige trifft, wonach die Erlangung des Bürgerrechtes aus Gründen, die Mommsen (Stadtrechte S. 405) näher dargelegt hat, nicht an den Antritt, sondern an die reguläre Absolvirung eines jährigen Magistrates [10]) geknüpft würde. Demnach wird man doch annehmen müssen, dass, wenn auch der Anspruch auf das Bürgerrecht bereits mit Uebernahme des Amtes erlangt wurde [11]), die formelle Verleihung und die damit verbundene Aufnahme in eine römische Tribus erst nach Niederlegung des Amtes erfolgt sei. Darauf weist auch das Fehlen der Tribus in Inschriften von latinischen Beamten hin; denn so unsicher im Allgemeinen ein Schluss daraus

---

[8]) *In Pisonianam* p. 3. Die folgenden Placentia betreffenden Worte werden so zu ergänzen sein: *Placentiam autem sex milia hominum novi coloni deducti sunt ... Eamque coloniam LIII* [*annis post civitate Romana*] *d*[*ona*]*tam esse invenimus: deducta est autem Latina.* Die letzten Worte weisen unzweideutig auf eine solche Ergänzung hin; die Erklärung Savigny's (Verm. Schr. 3 S. 280 A. 1) »Placentia war nach Asconius die dreiundfünfzigste Römische Colonie«, bedarf keiner Widerlegung. Die erste Deduction fällt in das Jahr 536 (Asconius: *pridie Kal. Jun. primo anno eius belli,* [*P.*] *Cornelio Scipione, patre Africani prioris, Ti. Sempronio Longo coss.*); demnach fiel die Ertheilung des Bürgerrechtes in das Jahr 589; schon im J. 564 waren sowohl Placentia als Cremona durch neue Colonisten verstärkt worden (Livius 37, 46-47). Anlass zu der Verleihung des Bürgerrechtes mochte der im J. 588 mit den Ligurern glücklich geführte Krieg geboten haben, in dem Placentia, das in früherer Zeit von den Einfällen der Ligurer schwer heimgesucht worden war (Liv. 34, 56), ohne Zweifel als Stützpunkt der römischen Operationen gedient haben wird. Ob das mit Placentia in seiner Entstehung und Entwickelung so eng verbundene Cremona erst durch die lex Julia das römische Bürgerrecht erlangt hat, ist nicht sicher (Mommsen C. I. L. V. p. 413), jedoch ist ohne Zweifel der Umstand, dass Placentia diesseits des Po gelegen war, bei der Bürgerrechtsverleihung wesentlich in Betracht gekommen.

[9]) Die von Zumpt *studia Romana* p. 354 ff. versuchte Ergänzung ist bereits von Rudorff *de maiore ac minore Latio* Berlin 1860, p. 7 ff. hinreichend widerlegt worden.

[10]) In den Worten Appian's b. c. 2, 26: πόλιν δὲ Νεόκωμον ὁ Καῖσαρ ἐς Λατίου δίκαιον ἐπὶ τῶν Ἄλπεων ᾠκίκει, ὧν ὅσοι κατ' ἔτος ἦρχον, ἐγίγνοντο Ῥωμαίων πολῖται. τόδε γὰρ ἰσχύει τὸ Λάτιον wird man ebenfalls nur eine Uebersetzung der *annui magistratus* suchen dürfen.

[11]) Ueber die Bestimmung in dem Decretum Tergestinum betreffs der Erlangung des Bürgerrechtes durch Aedilität und Eintritt in die Curie vgl. Anm. 37.

auf die bürgerliche Stellung zu sein pflegt, so wird man doch vermuthen dürfen, dass wenn in Dedicationen wie C.J.L. II n. 1610 (vgl. add. p. 703): *municip[es] Igabrenses beneficio Imp. Caesaris Aug. Vespasiani c(ivitatem) R(omanam) c(onsecuti) cum suis per h[onore]m Vespasiano VI cos. M.Aelius M. fil. Niger aed(ilis) d. d.* oder in n. 1631: *L. Junius Faustinus L.Junius L. f. Mamius Faustinus* (Vater und Sohn) *c(ivitatem) R(omanam) per honorem consec[uti] beneficio...* [12]), wenn in solchen von Beamten wegen Erlangung des Bürgerrechtes dargebrachten Dedicationen diese das äussere Zeichen desselben: die Tribus, nicht führen, sie sich bei Setzung der Inschrift noch nicht in rechtmässigem Besitze derselben befunden haben werden.

Die wesentlichste Frage, die sich an die Gaius-Stelle knüpft: wann hat die Scheidung des latinischen Rechtes in ein *maius* und *minus* stattgefunden, wird sich nun vielleicht auf der durch Studemund gewonnenen Basis durch eine Prüfung der über die Verleihung dieses Rechtes erhaltenen Nachrichten wenigstens annähernd beantworten lassen.

Ueber die Lex Pompeia im Jahre 665, kraft welcher die Gemeinden im Transpadanischen Gallien »durch die rechtliche Fiction, dass sie latinische

---

[12]) Allzuviel Gewicht möchte ich freilich nicht darauf legen, denn einerseits konnte die Aufnahme in die Tribus sich leicht aus äusseren Gründen verzögern, andererseits erscheint dieselbe in einigen gleichartigen spanischen Inschriften: C. I. L. II n. 1045 (besser add. p. 704): *L. Munnius Quir. Novatus et L. Munnius Quir. Aurelianus c(ivitatem) R(omanam) per h[ono]rem IIvir(atus) consecuti* und n. 2096: *c(ivitatem) R[omanam co]ns(ecutus) cum u[x]or[e et liberi]s* (?) *per hon(orem) IIv[i]r(atus)* [L.] *Valerius L. f. quir. Rufus s(ua) p(ecunia) d(onum) d(at)*; jedoch ist aus diesen Inschriften nicht zu entnehmen, dass die Honorirten sich damals noch im Amte befanden. — Aus diesen Inschriften, wie aus Lex Salpensana §. 25 geht hervor, dass bisweilen erst durch den Duovirat das Bürgerrecht gewonnen wurde, d. h. dass diese Duovirn nicht vorher die Aedilität oder Quästur bekleidet hatten; dass dies zulässig war, erhellt ebenfalls aus der für Duovirat, Aedilität und Quästur in Lex Malacitana §. 54 gleichmässig auf 25 Jahre festgesetzten Altersgrenze. Vielleicht ist dies, wie Mommsen (St. R. I² S. 555 A. 2) annimmt, »mit Rücksicht auf gewisse von der Bekleidung der niederen Aemter gesetzlich befreite Personen« geschehen; doch scheint, wenn auch die Aemterstaffel vorausgesetzt wird (Mommsen Stadtr. S. 415 A. 65), der Usus zum Gesetz erst durch den Erlass des Antoninus Pius erhoben worden zu sein, vgl. Modestinus Digg. 50, 4. 11 pr.: *ut gradatim honores deferantur, edicto, et ut a minoribus ad maiores perveniatur epistula Divi Pii ad Titianum exprimitur.* Die spanischen Inschriften, in denen das Bürgerrecht erst durch den Duovirat erworben wird, fallen übrigens unmittelbar (wohl in das erste Jahr) nach der Umgestaltung der älteren Gemeindeverfassung in die latinische, wo natürlich überhaupt noch keine gewesenen Aedilen oder Quästoren vorhanden waren (vgl. Göttinger gelehrte Anzeigen 1870 S. 1091); aus späterer Zeit ist meines Wissens (abgesehen von den Kaisern und anderen vornehmen Persönlichkeiten) kein derartiger Fall bezeugt.

Colonien seien, mit denjenigen Rechten bekleidet wurden, welche bisher den latinischen Städten geringeren Rechtes zugestanden hatte« [13]), werden wir nicht zurückzugehen brauchen, da erst mit dieser Verleihung die Form, in welcher seitdem die Latinität ausserhalb Italiens vergeben wurde, geschaffen worden ist. Dass hier von einer Differenzirung in ein grösseres und kleineres latinisches Recht im späteren Sinne nicht die Rede ist, noch sein kann, bedarf kaum der Erwähnung; nach Asconius [14]) führte die Bekleidung einer Magistratur zum Bürgerrechte, demnach war es das gewöhnliche oder nach Gaius' Ausdruck das *minus Latium*, das diesen Gemeinden zu Theil geworden ist. Bestätigt wird dies durch die Angaben, die sich auf das Vorgehen des Consuls M. Marcellus im Jahre 703 gegen die von Caesar mit dem römischen Bürgerrechte beschenkten Novocomenser [15]) beziehen; aus Cicero's Worten (*ad Atticum* V, 11, 2) *Marcellus foede in Comensi: etsi ille magistratum non gesserit erat tamen Transpadanus. ita mihi videtur non minus stomachi nostro [quam] Caesari fecisse* geht hervor, dass der Betreffende, da er kein Gemeindeamt bekleidet hatte [16]), nicht römischer Bürger, sondern nur Latiner war, wenn er freilich auch als Latiner nach Cicero's Ansicht vor einer so entehrenden Züchtigung hätte geschützt sein sollen [17]). Könnte man etwas auf die Angabe Plutarch's (Caesar 29) geben: Μάρκελλος ὑπατεύων ἕνα τῶν ἐκεῖ βουλευτῶν εἰς Ῥώμην ἀφικόμενον ᾔκιστο ῥάβδοις, ἐπιλέγων, ὡς ταῦτα τοῦ μὴ Ῥωμαῖον εἶναι παράσημα προστίθησιν

---

[13]) Mommsen R. G. II⁶ S. 239.

[14]) Asconius *in Pisonianam* p. 3: *Pompeius non novis colonis eas (Transpadanas colonias) constituit, sed veteribus incolis manentibus ius dedit Latii, ut possent habere (post haberent* Mommsen) *ius quod ceterae Latinae coloniae, id est ut gerendo magistratus civitatem Romanam adipiscerentur.*

[15]) Mommsen C. I. L. V S. 565. Röm. Gesch. III⁶ S 325 Anm.

[16]) Die Behauptung Appian's (b. c. 2, 26): τῶν οὖν Νεοκώμων τινά, ἄρχοντά τε αὐτοῖς γενόμενον καὶ παρὰ τοῦτο Ῥωμαῖον εἶναι νομιζόμενον, ὁ Μάρκελλος ἐφ' ὕβρει τοῦ Καίσαρος ἔξηνε ῥάβδοις ἐφ' ὀτῳδή, οὐ πασχόντων τοῦτο Ῥωμαίων kann natürlich der unzweideutigen Angabe Cicero's gegenüber gar nicht in Betracht kommen und ist ebenso irrig, als dass Caesar den Novocomensern nur das latinische Recht verliehen habe (C. I. L. V. p. 565).

[17]) Ob die Latiner gesetzlich vor einer solchen Strafe geschützt waren, ist fraglich; der Antrag des Livius Drusus (Plutarch G. Gracchus c. 9): ὅπως μηδὲ ἐπὶ στρατείας ἐξῇ τινα Λατίνων ῥάβδοις αἰκίσασθαι scheint allerdings nach Sallust *Jugurtha* c. 69: *condemnatus verberatusque capite poenas solvit. nam is civis ex Latio fuit* (vgl. Zumpt *studia* p. 360-1, unrichtig Rudorff *de maiore ac minore Latio* p. 16) nicht angenommen oder wieder aufgehoben zu sein. Einer Ungesetzlichkeit wird Marcellus auch von Cicero nicht geziehen.

αὐτῷ καὶ δεικνύειν ἀπιόντα Καίσαρι κελεύει, so würde daraus unzweideutig hervorgehen, dass durch die Bekleidung des Decurionates die Latiner in jener Zeit nicht zu römischen Bürgern wurden, denn das Vorgehen des Marcellus richtet sich nicht gegen die durch die Latinität den Comensern gewährleistete rechtmässige Erwerbung [18]), sondern gegen die seines Erachtens widerrechtlich von Caesar ihnen zuerkannte Verleihung der Civität [19]). Jedoch ist vielleicht die Ausstattung des Misshandelten mit dem Decurionat selbständig von Plutarch oder seinem Gewährsmann zur Erhöhung des Effectes vollzogen worden. Wie dem auch sei, für die Caesarische Zeit ist von einer Scheidung in grösseres und geringeres Latium, d. h. von einer Erlangung des Bürgerrechtes durch den Decurionat noch keine Spur zu entdecken.

Gewiss wird man demgemäss annehmen dürfen, dass auch die zahlreichen Verleihungen des latinischen Rechtes, die von Caesar in Sicilien [20]) und in Gallia Narbonensis [21]) vollzogen worden sind, nur als *Latium minus* in späterem Sinne aufzufassen sind. Eine ausdrückliche Bestätigung in Betreff der letzteren Provinz bietet Strabo's Angabe über das an Nemausus (aller Wahrscheinlichkeit nach von Caesar) verliehene Recht: ἔχουσα καὶ τὸ καλούμενον Λάτιον ὥστε τοὺς ἀξιωθέντας ἀγορανομίας καὶ ταμιείας ἐν Νεμαύσῳ Ῥωμαίους ὑπάρχειν, eine Definition, die wir nach ihrer Fassung zugleich als Zeugniss für die Zeit des Strabo selbst, d. h. also für den Beginn der Regierung des Tiberius werden verwenden können. Leider sind die Nachrichten über die Verbreitung des latinischen Rechtes in der Kaiserzeit bis zur Thronbesteigung Vespasians so dürftig, dass sie nach keiner Seite hin verwandt werden können; es mögen hier die wenigen überlieferten Notizen eine Stelle finden:

Von Augustus berichtet Suetonius (Aug. 47): *urbium quasdam . . . merita erga populum Romanum adlegantes Latinitate vel civitate donavit.*

---

[18]) Die Behauptung Mommsen's (R. G. III[6] S. 325 Anm.), dass »die Ultras sogar das den Ansiedlern ertheilte Stadtrecht überhaupt für nichtig erklärten, also auch die an die Bekleidung eines latinischen Municipalamtes geknüpften Privilegien den Comensern nicht zugestanden«, stützt sich nur auf die von ihm selbst als irrig bezeichnete Angabe Appian's.

[19]) Sueton *Caesar* 28: *Marcellus . . . rettulit etiam, ut colonis, quos rogatione Vatinia Novum Comum deduxisset, civitas adimeretur, quod per ambitionem et ultra praescriptum data esset*, vgl. Drumann Röm. Geschichte III S. 218 A. 77. Zumpt *comm. epigr.* I p. 309.

[20]) Mommsen R. G. III[6] S. 507 vgl. Marquardt St V. I S. 95 A. 1.

[21]) Mommsen R. G. III[6] S. 554 Anm. Herzog *Gallia Narbonensis* p. 85 ff.

Als sicher können solche Verleihungen an einige Städte in Gallia Narbonensis gelten, wie Augusta Tricastinorum und Lucus Augusti, welche, wie Herzog [22]) mit Recht bemerkt, als Stationen der von Augustus aus Italien nach Gallien geführten Chaussée dieser Vergünstigung theilhaftig geworden sind. Aus gleichem Anlass wird die allem Anscheine nach von Augustus herrührende [23]) Verleihung an die Alpes Cottiae und einige Ligurische Stämme der Alpes Maritimae erfolgt sein. Ebenfalls auf ihn wird die gleiche Privilegirung der Aquitanischen Stämme der Ausci und Convenae zurückgehen, vgl. Strabo 4, 2, 2 p. 191: δεδώκασι δὲ Λάτιον Ῥωμαῖοι καὶ τῶν Ἀκυιτανῶν τισι, καθάπερ Αὐσκίοις καὶ Κωνουέναις, während dieselben von Plinius-Agrippa (n. h. 4, 19, 108) nur mit zahlreichen anderen Stämmen unter den *in oppidum contributi* aufgezählt werden. Auch in Baetica scheint Augustus die Latinität weiter verbreitet zu haben, denn wenn auch schon Plinius (n. h. 3, 3, 7): *Latio antiquitus donata XXVII* nennt, so deutet auf eine weitere Vermehrung die Nachricht bei Strabo (3, 2, 15, p. 151): Λατῖνοί τε οἱ πλεῖστοι γεγόνασι καὶ ἐποίκους εἰλήφασι Ῥωμαίους, ὥστε μικρὸν ἀπέχουσι τοῦ πάντες εἶναι Ῥωμαῖοι. Im Ganzen wird man jedoch mit Herzog [24]) das Verfahren des Augustus in dieser Hinsicht, entsprechend seinen Grundsätzen betreffs des römischen Bürgerrechts als ein ungleich weniger liberales als das Caesar's bezeichnen müssen. Sein Beispiel scheint auch für seine Nachfolger bestimmend geblieben zu sein, denn weder von Tiberius, noch von Gaius, ja nicht einmal von dem für die Verbreitung des römischen Bürgerrechtes so überaus thätigen Claudius wüsste ich ein sicheres Beispiel der Verleihung latinischen Rechtes anzuführen, und es wird dies schwerlich die Schuld unserer mangelhaften Ueberlieferung sein. Denn dass selbst in unmittelbarster Nähe von Italien die Ausbreitung der Latinität unter den Julisch-Claudischen Herrschern nur geringe Fortschritte gemacht haben kann, beweist der Umstand, dass erst durch Nero der

---

[22]) Herzog *Gallia Narbonensis* p. 93.

[23]) Plinius *n. h.* 3, 20, 135: *sunt praeterea Latio donati incolae, ut Octodurenses et finitimi Ceutrones, Cottianae civitates, Esturi Liguribus orti, Vagienni Ligures et qui Montani vocantur, Capillatorumque plura genera ad confinium Ligustici maris.* Gewiss richtig schreibt Mommsen (C. I. L. V. p. 814 und 903, anders Herzog *G. N.* p. 96 n. 63 und p. 110 n. 18) diese Verleihung dem Augustus zu.

[24]) *Gallia Narbonensis* p. 101.

Gesammtdistrict der Alpes maritimae zum latinischen Rechte gelangte [25]). So weit wir sehen können, hat in dieser ganzen Zeit das latinische Recht die ihm von Augustus oder richtiger von Caesar vorläufig gesteckten Grenzen nicht überschritten, d. h. es ist im Norden nicht über die Alpengegenden, Südfrankreich und Spanien hinausgedrungen. Erst in den Bürgerkriegen nach Nero's Tode ist man weiter gegangen; es wird scharf und tadelnd von Tacitus [26]) betont, dass Vitellius, wol zum ersten Male, *Latium externis dilargiri*, wobei wahrscheinlich an Städte im nördlichen Gallien zu denken sein wird, die sich den germanischen Legionen angeschlossen hatten. Wenn dann Vespasian an ganz Spanien die Latinität verlieh [26a]), so war allerdings diese Massregel durchaus gerechtfertigt, da das Land schon im Beginne der Kaiserzeit fast gänzlich romanisirt war, aber sicherlich ist dieselbe doch nicht ohne Missvergnügen von jener exclusiven Partei aufgenommen worden, die es noch immer für möglich und erspriesslich hielt, das römische Bürgerrecht den alten Traditionen gemäss den Provinzen vorzuenthalten [27]). Daher wird man auch in der bekannten Stelle des Plinius (n. h. 3, 3, 3o): *universae Hispaniae Vespasianus imperator Augustus iactatum procellis rei publicae Latium tribuit* eine Art von Rechtfertigung des kaiserlichen Verfahrens zu suchen

[25]) Tacitus *ann.* 13, 32 (a. 63): *eodem anno Caesar nationes Alpium maritimarum in ius Latii transtulit* vgl. Mommsen C. I. L. V p. 9o3.

[26]) Tacitus *histor.* 3, 55. Man könnte vielleicht die Angabe des Tacitus (*hist.* 1, 78) über Otho: *nova iura Cappadociae, nova Africae, ostentata magis quam mansura* wenigstens in Betreff von Africa auf Versprechung latinischen Rechtes (vorausgeht die Ertheilung der *civitas Romana* an die *Lingones universi,* wo ich allerdings den Namen mit Heraeus für verderbt halten möchte) beziehen, jedoch ist bei der ephemeren Dauer dieser Bestimmungen nichts Sicheres zu eruiren.

[26a]) Diese Bewidmung ist nach den Inschriften im J. 75 von Vespasian während seiner Censur vollzogen worden; auf später erfolgte weitere Verleihungen latinischen Rechtes beziehen sich vielleicht die Münzen des Vespasian und Titus aus dem J. 78, auf denen die Sau mit den Ferkeln dargestellt ist: Eckhel D. N. VI, 336 und 356, was natürlich nicht als Hohn auf die Juden erklärt werden darf (vgl. Borghesi *oeuvres* VI p. 25-26), sondern wie die in Spanien inschriftlich bezeugte Dedication einer *scrofa cum porcis triginta* (C. I. L II, 2126 und dazu Göttinger gelehrte Anzeigen 1870 p. 1093-4) auf die Ertheilung der Latinität gehen wird.

[27]) Dass diese Partei nicht klein war, ersieht man am besten aus der Lyoner Rede des Claudius und dem entsprechenden Bericht des Tacitus *ann.* 11, 23 vgl. Seneca *apocol.* c. 3. Für die Caesarische Zeit ist in dieser Hinsicht charakteristisch die Aeusserung Cicero's (ad Atticum 14, 12, 1): *scis quam diligam Siculos et quam illam clientelam honestam iudicem: multa illis Caesar, neque me invito, etsi Latinitas erat non ferenda.*

haben, die in den Worten *iactatum procellis rei publicae* angedeutet sein wird. Denn diese so verschieden erklärten Worte [28]) können meines Erachtens nichts anderes besagen, als dass in den kurz vorhergegangenen Stürmen, d. h. im Jahre 69 [29]), das latinische Recht, das bis dahin nur Italien und seinen Nachbarländern, mit Inbegriff der alten Provinzen Spanien und Africa [30]), vorbehalten geblieben war, durch die Verleihungen des (Otho und ?) Vitellius hin und her geschleudert, d. h. in barbarische Gegenden verschlagen worden sei. Einem solchen Verfahren gegenüber musste die Verleihung an eine Provinz wie Spanien nicht als eine römischer Tradition zuwiderlaufende Neuerung, sondern als Rückkehr zu den früher gültigen Maximen erscheinen.

Ueber diese Verleihung selbst sind wir hinreichend durch inschriftliche Documente unterrichtet, um mit dem von Gaius gegebenen Kriterium die Frage betreffs der Qualität des von Vespasian an Spanien gegebenen Rechtes entscheiden zu können [31]). Dass die wenigen Inschriften, die von der Erlangung des Bürgerrechtes *per honorem* sprechen, des Decurionates nie gedenken, würde natürlich ebensowenig beweisen, als dass in §. 21 der

---

[28]) Nipperdey (*opuscula* p. 433) und Zumpt (*studia* p. 313) halten an der Vulgatlesung *iactatus* fest, in der Bedeutung: »hin und her geworfen durch die Stürme des Staates«; abgesehen von der schlechten Ueberlieferung, würde dies jedoch nicht mehr eine Rechtfertigung einer löblichen Massregel des Kaisers, sondern eine Entschuldigung einer nur durch die Noth der Zeit entlockten Concession bedeuten, was sicherlich Plinius weder sagen wollte, noch jemals von dem regierenden Kaiser in einem dem Kronprinzen gewidmeten Werke in dieser Form gesagt haben würde. Aber auch gegen die von Mommsen (Stadtrechte S. 400 A. 22) gegebene Uebersetzung: »die in Folge der Staatsumwälzungen nach Spanien verschlagene Latinität« lassen sich, wie Nipperdey a. O. ausgeführt hat, sprachlich und sachlich erhebliche Bedenken geltend machen. Dagegen steht die von mir versuchte Erklärung im besten Einklang mit den Worten des Tacitus: *Latium externis dilargiri* und mit der Tendenz des Plinius selbst. Auch den Nebenbegriff des Verschleuderns (Seneca *de clem.* I, 3, 4. Paulus *Digg.* 22, 3, 25 pr.) könnte man in *iactare* suchen, wenn nicht hier nach dem beistehenden *procellis* dem Schriftsteller ein anderes Bild vorschwebte.

[29]) Fälschlich erklärt Rudorff a. O. S. 15: *iactatum procellis rei publicae* »*hoc est lege Julia quae de civitate sociorum lata fuit, ex Italia expulsum promotumque in provincias partium occidentis*«.

[30]) Ueber Africa vgl. Plinius *n. h.* 5, 20 ff. und Marquardt St. V. I, 315 ff.

[31]) Das Folgende ist bereits von mir in der Besprechung des zweiten Bandes des Corpus Inscriptionum Latinarum in den Göttinger Gelehrten Anzeigen 1870 S. 1081 ff. hervorgehoben worden. Da aber längere Anzeigen in kritischen Zeitschriften erfahrungsgemäss selbst von den nächsten Fachgenossen nicht gelesen zu werden pflegen, so wird es gestattet sein, die betreffende Notiz, die hier nicht fehlen kann, noch einmal aufzunehmen.

Lex Salpensana mit der von Mommsen gewiss richtig ergänzten Rubrik [*ut magistratus civitatem Romanam consequantur*] nur von der Aemterbekleidung zur Erreichung der Civität die Rede ist, da in den verlorenen Capiteln vielleicht analoge Bestimmungen betreffs des Decurionats hätten vorausgehen können. Aber entscheidend ist die Vorschrift in §. 25 der Lex Salpensana über den von dem abwesenden Duovir zurückgelassenen Praefectus: *e[i] qui ita praefectus relictus erit . . . in omnibus rebus id ius e[a]que potestas esto praeterquam de praefecto relinquendo et de c(ivitate) R(omana) consequenda quod ius quaeque potestas h(ac) l(ege) IIviri[s qui] iure dicundo praeerunt datur.* Da nun am Anfang desselben Paragraphen bestimmt wird, dass dieser Präfect *ex decurionibus conscriptisque* sein müsse, so erhellt daraus, dass der Decurionat in Salpensa nicht zum römischen Bürgerrecht führte, d. h. dass Salpensa und ohne Zweifel ganz Spanien das von Gaius als *minus Latium* bezeichnete Recht erhalten hat. Ob man aus dem allgemeinen Ausdruck des Plinius: *Latium tribuit,* schliessen darf, dass ihm überhaupt nur diese eine Form des latinischen Rechtes bekannt gewesen sei, kann freilich zweifelhaft erscheinen; jedesfalls wird man zugestehen müssen, dass noch zu Domitian's Zeit [32]) ein Nachweis einer Theilung des latinischen Rechtes in zwei ungleiche Grade mit dem uns zu Gebote stehenden Material nicht erbracht werden kann.

Die milden Bestimmungen des Nerva und Trajan gegenüber den Latinen in Betreff der Erbschaftsteuer hat Plinius in seinem Panegyricus mit wortreichem Pathos gefeiert [32a]), ohne dass man doch aus seiner Aufforderung (c. 39): *laeti ergo adite honores, capessite civitatem* für unsere Frage mehr erschliessen könnte, als aus der lakonischen Notiz bei dem Biographen des Hadrian (c. 21): *Latium multis civitatibus dedit* [33]). Ob Antoninus

---

[32]) Dass die Tabula Salpensana eine erst in der Antoninenzeit angefertigte Copie ist, wie Brambach Orthographie S. 315 meines Erachtens überzeugend nachgewiesen hat, kommt hiefür natürlich nicht in Betracht. Gelegentlich mag jedoch die Vermuthung eine Stelle finden, dass die theilweise Zerstörung des Originals in Malaca, die eine Ergänzung aus dem Salpensaner Stadtrechte veranlasste, bei einem jener Maureneinfälle erfolgt sein dürfte, von denen ganz Spanien unter Hadrian, Antoninus Pius und M. Aurelius heimgesucht wurde. Gewiss hatte das blühende Malaca in erster Linie den Anprall der barbarischen Horden zu ertragen, von denen selbst das nördlicher gelegene Singilia Barba eine »lange Belagerung« (C. I. L. II, 2015 vgl. 1120) zu erdulden hatte.

[32a]) Vgl. Huschke Gaius. Leipzig 1855 S. 16 ff., insbesondere über die *iura cognationum.*

[33]) Zunächst wird man dabei an den Norden von Gallien, vielleicht auch an Raetia und Noricum denken können. Aber keineswegs wird man mit Zumpt (*comm. epigr.* I, p. 412) dies

Pius seinem Vorgänger auf diesem Wege gefolgt ist, wissen wir nicht [34]); jedoch zeigt ihn ein wichtiges epigraphisches Document wenigstens in ähnlicher Weise thätig. In dem sogenannten Decretum Tergestinum [35]) wird bekanntlich einem vornehmen Mitbürger der Dank sowol für andere Verdienste votirt, die er sich um seine Vaterstadt erworben, als insbesondere weil er neuerlich von dem Kaiser Antoninus Pius erwirkt habe: *uti Carni Catalique attributi a Divo Augusto rei publicae nostrae, prout qui meruissent vita atque censu, per aedilitatis gradum in curiam nostram admit[te]rentur ac per hoc civitatem Romanam apiscerentur.* Auf das Verhältniss der *civitates attributae* in Oberitalien und den benachbarten Provinzen [36]) näher einzugehen, ist hier nicht der Ort; es genügt für unsern Zweck zu constatiren, dass, wenn auch die Erlangung des römischen Bürgerrechtes für die Carner und Cataler direct an den Eintritt in die Tergestiner Curie, allerdings erst in Folge von Bekleidung der Aedilität geknüpft erscheint, dies doch nicht als Beispiel von *Latium maius* angeführt werden kann, da es sich hier nicht um den Senat einer latinischen, sondern einer römischen Bürgercolonie handelt [37]).

----

auf eine Ertheilung der Latinität an ganz Gallia Narbonensis beziehen, das gewiss nicht bis dahin schlechter als Spanien gestanden haben kann.

[34]) Die Typen mit der Sau und den Ferkeln (Eckhel VII p. 3o-31. Cohen II n. 441. 447. 572. 630. 823. 891. 953) gehören den auf den Münzen des Pius häufigen Darstellungen aus der Aeneas-Sage an, die ihn als den Wiederhersteller der alten Culte zu feiern bestimmt sind, und haben mit der Ertheilung des latinischen Rechts wahrscheinlich nichts zu thun.

[35]) C. I. L. V, 532 vgl. C. G. Zumpt *decretum municipale Tergestinum.* Berlin 1837.

[36]) Vgl. darüber Mommsen im Hermes IV S. 112 ff. Zumpt, *studia* p. 286 ff. Kuhn, Städtische und bürgerliche Verfassung II S. 41 ff. Kuhn über die Entstehung der Städte der Alten (1878) bes. S. 395 ff. Marquardt St. V. I S. 13-16.

[37]) Mommsen C. I. L. V, p. 53: »*Tergestini cum cives Romani essent omnes utpote coloni, Carni Catalique vel post Pium civitatem non assequebantur nisi aediles facti coloniae eius. Scilicet Carni Catalique a Pio non civitatem Romanam acceperunt, sed Latinitatem; neque id sine exemplo est populos cum coloniis municipiisve optimi iuris contributos non habere nisi ius Latinum: ita Euganeas gentes, quae et ipsae rem publicam non habuerunt, sed Brixianorum maxime fuerunt, Latini iuris fuisse Plinius refert.*« Die Bestimmung ist insofern eigenthümlich, als die Erlangung des Bürgerrechtes nicht an die Bekleidung der Aedilität, sondern an den Eintritt in die Curie (*per hoc*) geknüpft wird, der demnach sofort bei Antritt, nicht erst bei Niederlegung des Amtes erfolgt zu sein scheint, da doch in einer römischen Bürgercolonie die Aedilität kaum von Nichtbürgern bekleidet werden konnte. Uebrigens sollte man meinen, dass schon die Bekleidung der Aedilität in einer römischen Bürgercolonie zur Civität hätte führen müssen und man könnte daher, wie auch nach anderen Analogien (vgl. C. I. L. V n. 4957: *C. Placidius C. f. quir. Casdianus IIvir i(uri) d(icundo)*

So sind wir bis auf diejenige Zeit gelangt, in der Gaius die Worte, von denen unsere Untersuchung ausging, geschrieben hat [38]), ohne dass wir in der nicht ganz kleinen Zahl von Nachrichten über das latinische Recht irgendwo eine Erwähnung des *maius Latium* angetroffen hätten. So gefährlich auch in der Regel ein Schluss *ex silentio* ist, so wird man doch unbedenklich annehmen dürfen, dass von einer alten und vielfach in Anwendung gekommenen Institution sich wenigstens eine Spur bei den mannigfachen Erwähnungen in Inschriften und bei Schriftstellern, wie Strabo, Asconius, Plinius [39]) würde nachweisen lassen. Wenn ich daher die Ueberzeugung ausspreche, dass diese von Gaius berichtete Scheidung des latinischen Rechtes nicht lange vor seiner eigenen Zeit aufgekommen sei, so wird dieselbe wenigstens aus den bis jetzt bekannten Thatsachen keine Widerlegung finden können, und die Schlussworte des Gaius: *idque compluribus epistulis principum significatur* scheinen ebenfalls anzudeuten, dass dieser Begriff erst neuerdings festgestellt worden sei. Ob wir nun Hadrian (Antoninus Pius kann wegen *principum* nicht in Frage kommen) oder einem seiner nächsten Vorgänger diese Massregel zuschreiben sollen, ist mit Sicherheit nicht zu entscheiden; jedoch möchte ich glauben, dass eine andere Erwägung dafür spricht, keineswegs weit über Hadrian hinaufzugehen. Die Einführung des *Latium maius* hat offenbar wesentlich den Zweck gehabt, dem Decurionate in latinischen Städten durch ein neues Privileg Bewerber zuzuführen.

Camunnis, aedil(is) quaest(or) praef(ectus) i(uri) d(icundo) Brix(iae)...) geneigt sein, unter der Aedilität das höchste Gemeindeamt bei den Carni und Catali zu verstehen, wie dieselbe bekanntlich in *vici* und *pagi* oft erscheint. Aber die folgenden Worte: *adm[it]tendo ad honorum communionem* und *per honorariae numerationem* machen doch gegen eine solche Erklärung bedenklich, wenn dieselben allerdings auch auf den Decurionat (vgl. z. B. Traianus Plinio 113 K. *honorarium decurionatus omnes qui [in] quaque civitate Bithyniae decuriones fiunt inferre debeant...* Ephemeris epigr. 1 p. 44 (a. 167): *quod decurionem eum remisso honor[a]rio et muneribus et oneribus r. p. fecerin[t]*) gedeutet werden könnten. — Der grosse Werth, der von den Tergestinern auf Zulassung dieser attribuirten Stämme zur Aedilität gelegt wird, scheint übrigens auch dafür zu sprechen, worauf andere Indicien (Corp. V n. 544 vgl. p. 53) deuten, dass das Aedilencolleg in Triest aus mehr als zwei Mitgliedern bestanden habe.

[38]) Das erste Buch ist jedesfalls noch bei Lebzeiten des Pius, wenn auch wahrscheinlich nicht lange vor seinem Tode abgefasst, vgl. Dernburg, Die Institutionen des Gaius, S. 67.

[39]) Darauf, dass Appian (b. c. 2, 26) das Bürgerrecht ausschliesslich an die Bekleidung der Magistratur knüpft, ist natürlich nichts zu geben, auch war ihm dies allein wesentlich, da er den Gemisshandelten fälschlich zum Beamten macht.

Eine solche Massregel wäre aber in dem ersten Jahrhundert der Kaiserzeit, so weit wir aus inschriftlichen Quellen schliessen können, nicht nothwendig gewesen; erst im zweiten Jahrhundert, allerdings schon unter Trajan [40]) treten die ersten Anzeichen der Scheu vor Bekleidung der kostspieligen und verantwortungsvollen Gemeinderathstellen zu Tage, die nach den charakteristischen Aeusserungen der Tergestiner [41]) selbst in einer so bedeutenden Handelstadt schon zur Zeit des Pius einen bedenklichen Grad erreicht haben muss. Daher bin ich der Meinung, dass die Erlangung des römischen Bürgerrechts im Beginne des zweiten Jahrhunderts, und zwar wahrscheinlich erst durch Hadrian, dessen zahlreiche Verleihungen des latinischen Rechtes sein Biograph besonders hervorhebt und dessen Fürsorge für die Provinzen des römischen Reiches genugsam bekannt ist, für gewisse privilegirte latinische Gemeinden an die Bekleidung des bereits als Last gemiedenen Decurionates geknüpft worden sei.

Kaum ein Jahrhundert nach der Schöpfung des *Latium maius* scheint das Institut der coloniarischen Latinität sein Ende erreicht zu haben. Es hatte in den ganz oder theilweise romanisirten Provinzen, wie Sicilien, den Alpenländern, Gallien [42]), Spanien und Africa [43]) seine Aufgabe erfüllt,

---

[40]) Traianus Plinio 113 K.: *adversus eos qui inviti fiunt decuriones.*

[41]) C. J. L. V. n. 532, 2 v. 8: *curiam complev[it]* und v. 14-17: *e]t sin[t] cum quibus munera decurionatus iam ut pauci[s one]rosa honeste de pl[e]no compartiamur.* Der bereits Anm. 12 erwähnte Erlass des Pius: Modestinus *Digg.* 5o, 4, 11 pr. *ut gradatim honores deferantur, edicto, et ut a minoribus ad maiores perveniatur, epistula divi Pii ad Titianum exprimitur* dürfte ebenfalls darauf hindeuten, dass es für die niederen Aemter bereits an Bewerbern zu mangeln begann (vgl. ebend. §. 2 und Digg. 5o, 4, 12), wie das schon in der lex Malacitana §. 51 wenigstens vorgesehen ist. Vgl. Marquardt St. V. I S. 511 fg. Auch die sicher nicht vor Ende des 2. Jahrhunderts eingetretene Neuerung, wonach nur Decurionen wahlfähig sein sollen (Paulus *Digg.* 5o, 2, 7 §. 2, vgl. Kuhn städtische Verfassung I S. 241), ist die natürliche Consequenz dieser Degeneration der municipalen Verhältnisse; zu Gaius' Zeit war, wie aus seiner Definition des latinischen Rechtes hervorgeht und durch das Decretum Tergestinum bestätigt wird, diese Bestimmung noch nicht in Kraft getreten.

[42]) Mommsen R. G. III S. 553 (betreffs Gallia Narbonensis): »Die nicht mit Colonisten belegten Ortschaften scheinen zugleich, wenigstens grösstentheils, in derselben Art wie einst das transpadanische Keltenland, der Romanisirung entgegengeführt worden zu sein durch Verleihung latinischen Stadtrechts... Indem also das cisalpinische Gallien von der vorbereitenden Stufe zur vollen Gleichstellung mit Italien fortschritt, rückte gleichzeitig die narbonensische Provinz in jenes vorbereitende Stadium nach.«

[43]) Begreiflicher Weise ist hier die Zahl der latinischen Colonien im Vergleich mit Gallien und Spanien sehr klein gewesen, vgl. Plinius *n. h.* V, 19-20. 29. Marquardt St. V. I S. 315. 317. 329.

als vorbereitende Stufe zur Erlangung des vollen Bürgerrechtes zu dienen. In den rein militärischen Occupationsgebieten, wie in den Donauprovinzen, am Rhein und in Britannien, wo zwischen den römischen Bürgern und den Eingeborenen keine Ausgleichung und Verschmelzung stattgefunden hatte, wäre dieses Recht ebensowenig an seiner Stelle gewesen, als in dem griechisch redenden Orient, und es kann daher nicht befremden, dass hier wie dort latinische Gemeinden sich nicht nachweisen lassen [44]). Nach der Ertheilung des Bürgerrechtes an alle freigeborenen Insassen des Römischen Reiches unter Caracalla ist dann allmählich an die Stelle der bis dahin gültigen politischen Scheidung mehr und mehr eine sociale Classentheilung getreten, und als Justinian das Institut der Latini Juniani aufhob, war der Begriff der Latini Coloniarii seit Jahrhunderten bereits zu einer fast verschollenen und nicht mehr verstandenen [45]) Antiquität geworden.

[44]) Allerdings ist dies theilweise vielleicht auf Rechnung unserer mangelhaften Ueberlieferung zu schreiben, denn es ist doch sehr auffallend, dass das latinische Recht nicht nach Dalmatien oder nach Noricum gedrungen sein sollte. Dass hin und wieder in Inschriften von Municipalbeamten die Tribus fehlt, berechtigt freilich noch nicht zu dem Schluss auf die Latinität der betreffenden Gemeinden.

[45]) Die letzte Erwähnung der *Latini coloniarii* als einer bestehenden Classe findet sich bei Ulpian *fragm.* 19, 4 (also unter Caracalla): *mancipatio locum habet inter cives Romanos et Latinos coloniarios Latinosque Junianos* . . . vgl. fragm. Dosithei *de manumiss.* §. 6 und Savigny Verm. Schr. I S. 27. Fälschlich behauptet Marquardt St. V. I S. 62 »dass es bis auf Justinian noch immer ein latinisches Recht doppelter Art giebt, das der *Latini coloniarii* und der *Latini Juniani*«, vielmehr geht aus Justinian's Worten (Cod. J. VII, 6, l, 1 a. 531): *cum enim Latini liberti ad similitudinem antiquae Latinitatis, quae in coloniis missa est, videntur esse introducti, ex qua nihil aliud rei publicae nisi bellum accessit civile, satis absurdum est ipsa origine rei sublata imaginem eius derelinqui* sattsam hervor, dass ihm resp. den Verfertigern des Edictes der Begriff der *Latini coloniarii* der Kaiserzeit bereits gänzlich abhanden gekommen war.

Nachtrag zu Anm. 12: Ohne Zweifel wird man entsprechend den spanischen Inschriften auch das im Sommer 1877 bei Veyer (Hautes-Alpes) gefundene Fragment (Bulletin des Antiquaires 1877 p. 141 = Allmer *revue épigr.* I p. 15 n. 24) ergänzen müssen:

<pre>
        T VENNONIVS SM
        . . RTVLLI FII. QVIRI
        . . . . CIVITATEM
        . . . .
</pre>

= *T(itus) Vennonius Sm[e]rtulli fil(ius) Quiri[na. . . . .] civitatem [Romanam per honorem consecutus. . . .];* der Name des Vaters ist bereits richtig von Mowat im Bulletin des Antiquaires 1878 p. 246 hergestellt worden. Vennonius dürfte demnach in Folge des an die Alpes Cottiae verliehenen latinischen Rechtes durch Bekleidung eines Municipalamtes, wahrscheinlich in Eburodunum, zum römischen Bürgerrechte gelangt sein.

Ueber das Cultusbild der Athena Nike

von

Otto Benndorf

Die Untersuchungen über die Entstehungszeit des Tempels der Athena Nike, welche neuerdings in sehr verschiedenem Sinne geführt worden sind, zählen sicherlich zu denjenigen Streitfragen der attischen Topographie, welche ein weiter reichendes wissenschaftliches Interesse besitzen. Mit vollem Rechte sind bisher als äusserste Möglichkeiten eine Gründung unter Kimon oder eine Gründung etwa gegen den Beginn des peloponnesischen Krieges ins Auge gefasst worden. Es ist also nur ein Unterschied von dreissig oder höchstens vierzig Jahren um den es sich handelt und handeln kann; die zu treffende Entscheidung erhält aber eine eigenthümliche Tragweite nach verschiedenen Richtungen. Sie ist von Wichtigkeit für die Reconstruction der Propylaien, sie hat eine besondere stilgeschichtliche Bedeutung und berührt die politische Geschichte Athens im fünften Jahrhundert.

Ausser schriftlichen Ueberlieferungen ist bisher in Betracht gezogen worden der Baubefund der Propylaien und der vorspringenden Bastion auf welcher der Tempel steht, der Stil seiner Sculpturen und der Charakter seiner Architekturformen. Ueber diese Elemente der Untersuchung selbst gingen aber die Ansichten weit auseinander und schwankt das Urtheil bis auf den heutigen Tag. Auch die scharfsinnigen Erörterungen, welche kürzlich Leopold Julius über den vermuthlichen Abschluss des Südflügels der Propylaien angestellt hat *) unter Benutzung neuer Bauglieder die erst durch die Ab-

---

*) Leopold Julius über den Südflügel der Propylaien und den Tempel der Athena Nike zu Athen, Mittheil. des deutschen archæol. Institutes in Athen I, p. 216—228.

tragung des fränkischen Thurmes zum Vorschein gekommen sind, lassen Fragen offen und nöthigen zu so ungewöhnlichen Vorstellungen, dass eine fachmännische Weiterprüfung nicht ausbleiben kann. Keinesfalls sind die Acten der Voruntersuchung schon geschlossen. Namentlich will der Tempelfries genauer als bisher geschehen ist auf seine stilistischen Eigenthümlichkeiten, speciell auf den Grad seiner Verwandtschaft mit den Sculpturen des Parthenon und des Apollotempels von Phigalia im Einzelnen geprüft sein, und fortgesetzte Vergleiche müssen auch hier im Laufe der Zeit den Blick schärfen. Auch ist das Beweismaterial, ehe an ein endgiltig zusammenfassendes Urtheil gedacht werden kann, durch ein Moment zu vervollständigen, welches noch nicht zu voller Geltung gekommen ist: durch eine Untersuchung des Cultusbildes. Irre ich nicht, so wird gerade durch diese Untersuchung am ehesten eine Klärung der Ansichten zu erreichen sein, und zwar um so sicherer und wirksamer, je strenger es gelingt die Untersuchung zunächst für sich allein zu führen, unabhängig und unbeeinflusst von den interessanten stilgeschichtlichen Fragen, die ihrerseits wieder eine getrennte reine Behandlung fordern.

Pausanias berichtet, dass in Olympia nahe bei den grossen Weihgeschenken des Mikythos eine mit Helm und Aigis bewaffnete Athena der Eleer stand, und dass die Mantineer neben dieser eine Nike geweiht hatten, welche Kalamis in Nachahmung des Schnitzbildes der sogenannten Nike apteros in Athen ohne Flügel gebildet haben sollte *).

Es bedarf heute keiner Erinnerung mehr, dass diese Nachricht nicht von einer flügellosen Nike zu verstehen ist, sondern sich auf Athena Nike bezieht, welche Pausanias Nike apteros nennt und welche in der volksthümlichen Sprache der spätern Zeit allem Anscheine nach auch sonst diesen Namen trug **). Die Mantineer hatten einen sehr alten Cultus der Athena,

---

*) Paus. V 26, 6 Πλησίον δὲ τῶν μειζόνων ἀναθημάτων Μικύθου, τέχνης δὲ τοῦ Ἀργείου Γλαύκου, Ἀθηνᾶς ἄγαλμα ἕστηκε κράνος ἐπικειμένη καὶ αἰγίδα ἐνδεδυκυῖα· Νικόδαμος μὲν εἰργάσατο ὁ Μαινάλιος, Ἠλείων δέ ἐστιν ἀνάθημα. παρὰ δὲ τὴν Ἀθηνᾶν πεποίηται Νίκη· ταύτην Μαντινεῖς ἀνέθεσαν, τὸν πόλεμον δὲ οὐ δηλοῦσιν ἐν τῷ ἐπιγράμματι. Κάλαμις δὲ οὐκ ἔχουσαν πτερὰ ποιῆσαι λέγεται ἀπομιμούμενος τὸ Ἀθήνησι τῆς Ἀπτέρου καλουμένης ξόανον.

**) So ist wohl zu verstehen Aristides' Ἀθηνᾶ I p. 26, 16 ed. Dindorf ἢ μόνη μὲν ἁπάντων θεῶν, ὁμοίως δὲ πασῶν, οὐκ ἐπώνυμος τῆς νίκης ἐστίν, ἀλλ' ὁμώνυμος.

unter dem Namen Alea wurde sie von einer ihrer Phylen als Stammgöttin verehrt*). Die Mantineer werden daher diese ihre Athena, um irgend eines Erfolges willen den sie ihr zu danken hatten, in ihrer Eigenschaft als Verleiherin von Sieg und Frieden nach Olympia gesetzt haben. Dass sie einem in Athen arbeitenden berühmten Künstler, der auch andere bedeutende Werke für Olympia ausführte, das Weihgeschenk übertrugen, kann bei den vielen Beziehungen, welche die Geschichte ihrer Stadt zu Athen aufweist, nicht befremden. Auffälliger ist, dass Kalamis den Typus der attischen Athena Nike dafür verwenden und wie Pausanias offenbar nach einer guten Quelle sehr bestimmt sagt, geradezu ihr Schnitzbild wiederholen konnte. Man mag sich den Hergang der Sache in verschiedenem Sinne vergegenwärtigen können; schwerlich aber wird die Veranlassung, eben dieses Original zu wählen, von den Mantineern selbst ausgegangen, sondern durch irgend ein actuelles Interesse gegeben gewesen sein, welches dasselbe zur Zeit des Kalamis oder für ihn persönlich besass.

Das Weihgeschenk der Mantineer trug eine Inschrift, in welcher der Krieg, der sie zur Stiftung veranlasst hatte, nicht angegeben war, und in ihrer Geschichte **) ist kein bestimmtes Ereigniss bekannt, das mit Wahrscheinlichkeit darauf gedeutet werden könnte. Kurz nach den Perserkriegen, an denen sie als Bundesgenossen der Lakedaimonier theilnahmen, hatten sich ihre fünf Dorfgemeinden auf Veranlassung und nach dem Muster von Argos zusammengesiedelt und in günstiger Lage die Stadt Mantineia gegründet, welche von nun an rasch zu Macht gelangte und als Rivalin von Tegea eine selbständige Politik verfolgte. Dem Aufblühen der jungen Stadt war vermuthlich die Neutralität zu Statten gekommen, die sie in dem Kampfe beobachteten, den die Spartaner gegen alle anderen Arkadier siegreich bei Dipaia bestanden; und als kurz darauf der dritte messenische Krieg ausbrach, scheinen Dienste

---

*) Foucart fand in Mantineia ein anikonisches Idol der Athena in Form einer Herme mit aufgesetzter Pyramide und der Inschrift Ἀθαναία (Le Bas voyage archéologique, inscr. part. II sect. VI n. 352 d), in einer andern Inschrift (ib. 352 p) die Namen der fünf Phylen Ἐπαλέας, Ἐνυαλίας, Ὁπλοδμίας, Ποσοιδλίας, Γανακισίας, die sich auf Culte der Athena, des Ares, des Zeus Hoplosmios (Aristot. de part. anim. III 10), des Poseidon und der Dioskuren beziehen. Paus. VIII 9, 3 σέβουσι δὲ καὶ Ἀθηνᾶν Ἀλέαν καὶ ἱερόν τε καὶ ἄγαλμα Ἀθηνᾶς ἐστὶν Ἀλέας αὐτοῖς.

**) Vergl. Busolt die Lakedaimonier und ihre Bundesgenossen I p. 125—131, Kägi kritische Geschichte des spartanischen Staates p. 490, Foucart Le Bas voyage archéologique inscr. part. II sect. VI n. 352 b.

die sie den bedrängten Spartanern leisteten, ihre weitaussehenden Pläne die sich durch das auf Geheiss der Pythia erfolgte Einholen der Gebeine des Arkas charakterisiren, besonders begünstigt zu haben. Die Mantineer drangen über die natürlichen Grenzen ihres Gebietes südwestlich in das Thal des Helisson vor und gewannen nach und nach einen ausgedehnteren Besitz, der sich im peloponnesischen Kriege über einen grossen Theil Arkadiens, unter Anderem über das Gebiet der Parrhasier im Alpheiosthale erstreckte. Höchst wahrscheinlich bezog sich das Weihgeschenk in Olympia auf irgend einen Act dieser ersten Entwickelungsgeschichte von Mantineia, in der es auch an näheren Beziehungen zu Athen nicht fehlen konnte, als Kimon während des dritten messenischen Krieges den Spartanern zu Hilfe zog. Wann und wo er zu suchen sei, wird unsicher bleiben *); nur kann er nicht in die Zeit des peloponnesischen Krieges fallen, sondern muss demselben voraufliegen, da die künstlerische Thätigkeit des Kalamis nicht so weit herabreicht. Kalamis ist Vorläufer und älterer Zeitgenosse des Pheidias, seine Blüthe fällt in die Politie des Kimon **).

Ein Cultusbild der Athena Nike muss also jedesfalls vor Erbauung der Propylaien (437—432 v. Chr.) in Athen bestanden haben. Darin finden auch diejenigen, die den Tempel später ansetzen, keine Schwierigkeit, da der Cultus allgemein für sehr alt und specifisch attisch gilt. Bestimmte Zeugnisse für diese Annahme fehlen in unserer Ueberlieferung. Um sie zu beweisen beruft man sich darauf, dass Athena Nike gewissermassen eine mythologische Abzweigung der Polias sei, in deren eigenstem Wesen von jeher wie bei allen Stadtgottheiten die Bedeutung von Schutz und Sieg liege; man betont, dass dieses Verhältniss durch die urkundlich beglaubigte Opfergemeinschaft von Athena Polias und Athena Nike an den Panathenaien wie durch den gleichen Baustil ihrer Tempel bestätigt werde; auch dass das Cultusbild anscheinlich von Holz war, ist als ein Merkmal von hohem Alterthum hervorgehoben

---

*) Von Mantineia führte in südwestlicher Richtung eine Strasse (Paus. VIII 11, 5) nach Pallantion, der Mutterstadt Roms, wo eine alte Cultusverbindung von Athena und Nike durch Dionys. Halicarn. antiqu. rom. I 31—33 bezeugt ist. Nach dortiger Sage war, in Uebereinstimmung mit Hesiod. Theog. 383 und Apollodor. I 2, 4, Nike Tochter des Pallas und Gespielin der Athena, von der sie Cultusehre empfangen hatte. Vergl. Klausen Aeneas und die Penaten p. 1234.

**) Brunn Geschichte der griechischen Künstler I p. 125 f., Overbeck Geschichte der griechischen Plastik I² p. 193, Holm Geschichte Siciliens I p. 257.

worden. Aber in allen diesen Gründen liegt schlechterdings nichts Entscheidendes. Dass der Baustil der Tempel nicht diejenige Bedeutung für den Cultus besass, die man ihm früher beilegte, haben kürzliche Untersuchungen und neugewonnene Thatsachen zur Genüge erwiesen. Cultusbilder aus Holz sind, wie unter Anderem die Hekate des Myron in Aigina und der Hermes des Damophon in Megalepolis zeigen können, noch im fünften und vierten Jahrhundert von angesehenen Künstlern gearbeitet worden; und in der blossen Thatsächlichkeit einer Cultusgemeinschaft ist selbstverständlich ein Beweis für ihr hohes Alter noch keineswegs gegeben: sie würde in diesem Falle ebenso gut oder vielleicht noch besser zu begreifen sein, wenn der Cultus der Athena Nike in historischer Zeit entstanden oder auch von auswärts nach Athen übertragen worden wäre und sich hier mit alteinheimischen Vorstellungen und Gebräuchen naturgemäss verschmolzen hätte. Das hohe Alter des Cultus in Athen ist demnach keineswegs verbürgt. Man wird im Gegentheil behaupten dürfen, dass ein sicheres Urtheil über seinen Ursprung so lange aussteht, als die eigenthümliche Gestalt des Cultusbildes ihrer Bedeutung nach nicht in allen Einzelheiten vollkommen aufgehellt ist.

Einer vorzüglichen Quelle, dem Werke des Periegeten Heliodor über die Akropolis, danken wir die Nachricht, dass das Cultusbild in der Linken den Helm, in der Rechten einen Granatapfel trug *). Leider ist eine Darstellung, welche dieser Beschreibung genau entspräche, bis jetzt nicht aufgefunden worden, und damit fehlt ein Anhalt, ob wir uns die Göttin in aufrechter Haltung oder, wie an sich vielleicht natürlicher wäre, thronend vorzustellen haben. Stehend erscheint sie an dem Tempel selbst, in der Mitte des Frieses der Eingangsseite, und an dieser bedeutsamen Stelle möchte man am ehesten eine stricte Wiederholung des Bildes der Cella erwarten; aber Athena führt dort den Schild am Arme. Sitzend ist sie in den Reliefs der Nikebalustrade angebracht; hier trug sie indessen, wie auf einigen attischen Reliefs **) und in einer Marmorstatue der Akropolis, den Helm nicht in der Hand, sondern im Schoose ruhend. Auch eine von Beulé in Vergleich

---

*) Harpocration s. v. Νίκη 'Αθηνᾶ. Λυκοῦργος ἐν τῷ περὶ τῆς ἱερείας. ὅτι δὲ Νίκης Ἀθηνᾶς ξόανον ἄπτερον, ἔχον ἐν μὲν τῇ δεξιᾷ ῥόαν ἐν δὲ τῇ εὐωνύμῳ κράνος, ἐτιμᾶτο παρ' 'Αθηναίοις, δεδήλωκεν Ἡλιόδωρος ὁ περιηγητὴς ἐν α' περὶ ἀκροπόλεως. Vgl. Suidas s. v.
**) Richard Schöne griechische Reliefs n. 52, 91.

gezogene spätattische Bronzemünze *), an die mich Julius Friedländer erinnert, gibt keinen Aufschluss; auf ihrem Revers hält die nach rechts neben einer Säule stehende mit Helm und Lanze bewaffnete Göttin in der rechten Hand einen kleinen runden Gegenstand, der nach Beulé's eigener Beobachtung, welche vier im Berliner Münzcabinet befindliche Exemplare bestätigen, zu undeutlich ist, um eine bestimmte Deutung zu erlauben und jedesfalls die für den Granatapfel überall charakteristischen Kelchblätter nicht aufweist. Vielleicht ist ein Loossteinchen in Beziehung auf Sieg gemeint, wie Athena vor einer Loosurne in die sie ein Steinchen wirft auch sonst auf Münzen, Piombi, in Lampendarstellungen, Reliefs und dergleichen des Oefteren so vorkommt. Bessere Gewähr kann dagegen ein bekanntes schwarzfiguriges Vasenbild zu bieten scheinen, welches Eduard Gerhard zuerst veröffentlicht und Otto Jahn seinem eigenthümlichen kunstgeschichtlichen Werthe nach eingehender erläutert hat **). Wie die beistehende Verkleinerung veran-

schaulicht, gibt die Athena dieses Bildes in der That ganz den Eindruck einer Cultusstatue, und die Priesterin mit dem Lustrationszweig, der Altar mit dem brennenden Feuer und das vor ihm stehende Thier setzen ausser

*) Beulé monnaies d'Athènes p. 389 f.
**) E. Gerhard auserlesene Vasenbilder Taf. 242, 1, 2 IV p. 124 ff., Otto Jahn de antiquissimis Minervae simulacris Atticis p. 5 ff. tab. I 1. Nach der Angabe Otto Jahns soll sich das Gefäss, eine aus Etrurien stammende Hydria, im Berliner Museum befinden; dort ist sie aber nicht vorhanden, wie Max Fränkel mich vergewissert.

Zweifel, dass ihr ein Opfer dargebracht werden soll. In einer auserlesenen Kuh aus der grossen Hekatombe für die Polias bestand das Staatsopfer für Athena Nike an den Panathenaien. Enthält das Vasengemälde wirklich eine Reminiscenz an eine bestimmte Localität der attischen Akropolis, wie Otto Jahn überzeugt war und wie allerdings keineswegs unglaubwürdig ist, so würde eine andere Auffassung als die von ihm empfohlene, wonach an die Athena des Endoios, an den Poliastempel und an den ehernen Votivstier des Areopags zu denken wäre, den einzelnen Zügen des Bildes und der beabsichtigten Handlung ohne Frage besser gerecht werden. In der dorischen Säulenhalle würde sich eine Andeutung des Südflügels der Propylaien erkennen lassen, in dem Altar derjenige des Niketempels, welcher unmittelbar vor dem Südflügel der Propylaien stand, in dem Opferthier die Kuh der panathenaiischen Hekatombe und in der sitzenden Athena mit dem Helme in der linken Hand das Cultusbild der Athena Nike. Allein auch hier stimmt das Attribut der andern Hand nicht überein, Athena hält der zu vollziehenden Opferhandlung entsprechend in der Rechten deutlich eine Schale.

Aus der kurzen Beschreibung Heliodor's ist im Allgemeinen so viel ersichtlich, dass die Kriegsgöttin als Siegerin nach beendigtem Kampfe gedacht war. In diesem Sinne hielt sie die Schutzwaffe, die ihren Dienst gethan, ledig in der Hand wie ein Ruhe verheissendes Symbol, ähnlich wie sie in so manchen anderen Kunstwerken nach vollbrachtem Streite ausruhend, oder wie in einzelnen Darstellungen ihrer Geburt die erstaunten Götter begrüssend, den Helm friedlich in der Hand führt. Nicht zu verkennende Schwierigkeiten macht nur der Granatapfel, dessen Beziehung zu Athena aus weiteren Beispielen bisher nicht nachgewiesen ist und überhaupt noch keine einfache Erklärung gefunden hat, während doch seine religiöse Bedeutung sonst klarer zu Tage liegt, als bei manchen anderen geheimnissvoll alterthümlichen Attributen.

Massgebenden neueren Forschungen zu Folge ist die Granate, deren griechische Namen orientalischen Ursprungs sind, in sehr frühen Zeiten durch religiösen Verkehr aus Asien nach Griechenland gekommen, und hat sich speciell aus syrisch-phönizischen Götterdiensten auf hellenische übertragen[*]. Soweit ihr Vorkommen in Kunst und Literatur überhaupt beachtet

---

[*] V. Hehn Culturpflanzen und Hausthiere 2. A. p. 203 f.

ist *), hat überall ihr in der Reife aufquellender Körnerreichthum und die
dunkle Röthe ihrer Blüthe und ihres Fruchtinnern Veranlassung gegeben,
sie als ein Sinnbild bald von treibender Fruchtbarkeit, bald von Tod und
blutiger Vernichtung zu betrachten, in einer mystischen Gegensätzlichkeit
der Auffassung, welche mehr oder weniger dem Wesen und Wirken aller
Naturgötter entspricht, vorzüglich herrschend aber und tiefsinnig ausgebildet
in den Diensten der Unterweltsgottheiten hervortritt. Als ein Symbol glück-
lichen Gedeihens hält der höchste befruchtende Himmelsgott Zeus Kasios **)
in seinem aus Syrien stammenden Culte zu Pelusium, hält die Ehegöttin
Hera in Argos, wie Münzen ausweisen, den Granatapfel in der rechten Hand,
einen grossen Granatzweig trägt eine Hore auf der Sosiasschale; in Kypros
hatte Aphrodite die Granate gepflanzt und bis auf den heutigen Tag gilt
ihre Frucht in Griechenland allgemein als ein Emblem von besonderer
Lebenskraft namentlich in hochzeitlichen Gebräuchen. Einen sepulcralen
Bezug hat sie dagegen als Grabspende und als Ornament von Gräbern †);
sie galt als entsprossen aus dem Blute bald des Dionysos, bald der phry-
gischen Agdistis, auf dem Grabe des Eteokles und Polyneikes hatten die
Erinyen einen Blut ausströmenden Granatbaum gepflanzt, eine Granate
wuchs auf dem Grabe des Menoikeus der sich selbst den Tod gegeben,
ihre an den Hades bindende Kraft war ein geläufiger Volksglaube in den
weitverbreiteten Mythen der Persephone. Am allergewöhnlichsten ist sie in
Kunstwerken als ein Attribut männlicher oder weiblicher Unterweltsgottheiten, unter Anderem der Hekate, verwandt worden.

Dieser Doppelbedeutung entsprechend ist auch für den Granatapfel in
der Hand der Athena Nike eine zweifache Erklärung aufgestellt worden.
Einerseits wird sie betrachtet als ein Zeichen vergossenen Blutes oder als
eine Versinnbildlichung des aus blutigen Kämpfen entsprossenen Friedens,

---

*) Böttiger Ideen zur Kunstmythologie II p. 249 f., O. Müller kleine deutsche Schriften
II p. 128 f., Preller Demeter und Persephone p. 115 f., C. Bötticher Baumkultus der Hellenen
p. 471 f., Welcker Zeitschrift I p. 10 f., griechische Götterlehre II p. 296, 319 f., Stephani
Compte-rendu 1859 p. 131 f., A. Mommsen griechische Jahreszeiten V p. 582, Philippe
Berger Gazette archéologique 1877 p. 27.

**) Stark Gaza und die philistäische Küste p. 571, 580.

†) Raoul-Rochette monum. inédits I p. 159, Gerhard arch. Zeit. 1850 p. 147, Stephani
Compte-rendu 1866 p. 129, H. Hettner Bildwerke der k. Antikensammlung zu Dresden
1875 n. 341, Anthol. Palat. VII 406.

andererseits als ein Symbol fruchtbringenden friedlichen Gedeihens nach beendigtem Kampfe, sinnverwandt dem Plutos im Arme der Eirene *); und in gewisser Beziehung berühren sich auch hier beide Bedeutungen, wie denn Welcker, welcher der letzteren den Vorzug gab, doch beide zugleich ins Auge fassen konnte. Streng genommen tragen aber diese Erklärungen, indem sie den Begriff des Friedens und seiner Folgen in den Vordergrund stellen, den Charakter anmuthender Auslegungen, die so lange sie einer unmittelbaren Bestätigung in der Ueberlieferung entbehren, sich eher wie eine Fortbildung antiker Gedanken ausnehmen. Es darf auffällig genannt werden, zumal nach attischen Anschauungen, dass eine Frucht deren mystische Bedeutung wir mehr als einmal betont finden, dem Bilde einer Gottheit zukommt, die in den Grundzügen ihrer Natur, nicht blos nach der Idee der Dichter sondern nach den volksthümlichen Zügen ihrer Culte, einheitlicher, durchsichtiger, ich möchte sagen öffentlicher ist als irgend eine andere der hellenischen Religion, und die als Siegesgöttin überdies in diesem Culte vor Allem von der ethischen und politischen Seite gefasst war. Noch auffälliger vielleicht, dass attische Dichter und Künstler, die im Wetteifer tausendfacher Schilderungen das Ideal ihrer Staatsgöttin in allen Falten ihres Wesens klarzulegen bestrebt waren, jenes wunderbare Symbol überall umgangen oder wo sie ähnliche Gedanken auszusprechen hatten, immer durch verschiedene anderweitige Attribute, unter denen die unendlich beziehungsreiche Olive in erster Reihe steht, ersetzt und vertauscht haben sollten **). Unleugbar liegt hier ein Sachverhalt vor, der eine schärfere Aufhellung verlangt. Auch wer ihn weniger dunkel finden sollte, wird nicht verkennen, dass eine auf Analogien gestützte einfachere Erklärung unter allen Umständen den Vorzug verdient. Verfolgt man aber, von Analogien geleitet, die zahlreichen orientalischen Spuren die dem Vorkommen der Granate in griechischen Culten anhaften, so bietet sich, allerdings von ganz unerwarteter Seite her, in der That eine sehr einfache Erklärung dar, die das Befremd-

---

*) Oder wie auf einer Grossbronze des Augustus eine den Kaiser bekränzende Nike ein Füllhorn hält (Fröhner médaillons de l'empire romain p. 2), und wie Nike in römischen Monumenten Frucht- und Blumenguirlanden hält.

**) Die Darstellungen, darunter zwei Vasen des Nikosthenes (ann. d. inst. 1854, p. 46, 47), in denen Athena dem Herakles oder Nike einem Helden eine Blüthe, einen Blumenzweig oder einen Kranz reicht (Welcker griech. Götterlehre II p. 780 f., Stephani Compte-rendu 1875 p. 78, 83) gehören deutlich in einen anderen Zusammenhang.

liche, was ein solcher Erklärungsversuch auf den ersten Blick für Athen zu haben scheint, bei genauerem Zusehen vollkommen verliert.

Auf eine Athena mit einem Apfel in der Hand bezieht sich ein epideiktisches Epigramm der Palatinischen Anthologie IX 576:

Παρθένε Τριτογένεια, τί τὴν Κύπριν ἄρτι με λυπεῖς,
 τοὐμὸν δ᾽ἁρπαλέᾳ δῶρον ἔχεις παλάμῃ;
Μέμνησαι τὸ πάροιθεν ἐν Ἰδαίοις σκοπέλοισιν
 ὡς Πάρις οὐ σὲ καλὴν, ἀλλ᾽ ἔμ᾽ ἐδογμάτισεν.
Σὸν δόρυ καὶ σάκος ἐστίν· ἐμὸν δὲ τὸ μῆλον ὑπάρχει·
 ἀρκεῖ τῷ μήλῳ κεῖνος ὁ πρὶν πόλεμος.

Aphrodite ist es, welche redet; unter Berufung auf das Parisurtheil nimmt sie den Apfel für sich in Anspruch. Der Einfall ist frostig genug, das Gedicht ist spät, wie schon die Sprache verräth, es trägt den Namen des Nikarch, eines Epigrammatikers des ersten Jahrhunderts nach Christus. Es bildet ein Gegenstück zu einigen in Ton und Haltung übereinstimmenden überdies meist gleichzeitigen Epigrammen verschiedener Verfasser auf die bewaffnete Aphrodite in Sparta *), unter denen ein anonymes der Planudeischen Anthologie IV 174 umgekehrt Athena redend einführt:

Παλλάς τὰν Κυθέρειαν ἔνοπλον ἔειπεν ἰδοῦσα·
 »Κύπρι, θέλεις οὕτως ἐς κρίσιν ἐρχόμεθα«;
Ἡ δ᾽ ἀπαλὸν γελάσασα· »Τί μοι σάκος ἀντίον αἴρειν;
 εἰ γυμνὴ νικῶ, πῶς ὅταν ὅπλα λάβω«;

Der Zufall will, dass die Gegensätzlichkeit dieser Gedichte sogar noch weiter reicht. Wie diese letzteren sich auf das alterthümliche Xoanon der Aphrodite auf der Akropolis von Sparta beziehen, so ist das Epigramm des Nikarch offenbar durch das Xoanon der Athena Nike auf der Akropolis von Athen veranlasst. Es ist dies wenigstens die nächstliegende, natürlichste Voraussetzung, da die epideiktische Poesie dieses Schlags bekanntlich überall an berühmte Kunstwerke besonders zugänglicher Orte anknüpft, und ihr steht natürlich nicht entgegen, dass zur Bezeichnung des Attributes nur der allgemeine Ausdruck μῆλον gewählt ist, der wie das lateinische *malum* zumal in poetischer Sprache für sehr verschiedene Früchte, unter Anderem nachweislich auch für die Granate, gebraucht wurde **). Sammt und sonders sind

---

*) Anthol. Planud. IV 171-177.

**) Vergl. Hesych. μῆλον· πᾶς καρπός, und die Münzen von Melos, die als redendes Wappen den Granatapfel führen.

aber diese Gedichte, auch wenn man dem Spiel epigrammatischer Tändeleien Viel einräumt, merkwürdig lehrreich für die literarische Bildung jener späten Zeit, die den ehrwürdigen Götterbildern des Alterthums leichtfertig und rathlos gegenüberstand, mit einem religiösen Unverständniss, ohne das Niemand an Dingen dieser Art Gefallen finden konnte und das hier doch nur bei einem völligen Abreissen aller Tradition ganz begreiflich wird.

Auch auf Münzen von Melos *), welche Athena als behelmten Kopf oder in ganzer alterthümlicher Gestalt zeigen, kommt ein Granatapfel oder ein Granatzweig vor. In Melos war ein Dienst der Athena sehr alt, ihre dortige Gestalt hat ein auf Melos gefundenes Relief **) näher kennen gelehrt, welches in Uebereinstimmung mit melischen Münzen ein architektonisch zugeformtes Götterbild darstellt, das den bekannten asiatischen Artemisidolen verwandt ist. Ob dieser Athenacultus, wie Cavedoni annahm, von den Doriern herrühre, welche die Insel von Lakedaimon aus colonisirten, oder in die Zeit der Phönikier zurückreiche, die vor ihnen die Insel besassen, wie an sich denkbar wäre, wird kaum zu entscheiden sein. Ebenso unentschieden ist, ob der Granatapfel dort eine Beziehung zu dem Cuite der Athena hatte; denn auf den Münzen ist er nur redendes Beizeichen von Melos.

Eine viel weitergehende Rolle spielt er auf den Münzen von Side in Pamphylien †). In dieser Stadt ††), die von Aiolern aus Kyme gegründet war, aber zu Alexanders des Grossen Zeiten kein Griechisch mehr sprach und, wie eine Stelle des Arrian erkennen lässt, sicherlich von Haus aus diejenige semitische Bevölkerung besass deren Sprache auf ihren Silberstateren zum Vorschein kommt, hatte nach einem Zeugnisse des Strabon und

---

*) Mionnet descr. de médailles II p. 317 ff., suppl. IV p. 392 ff.

**) R. Kekulé die antiken Bildwerke im Theseion zu Athen n. 377, O. Jahn de antiquissimis Minervae simulacris atticis tab. III 7, Cavedoni bull. d. inst. 1866 p. 94.

†) Mionnet descr. de médailles III p. 471 ff., suppl. VII p. 63 ff. Die neuere Literatur über die Münzen von Side verzeichnet Imhoof-Blumer in A. von Sallet's Zeitschrift für Numismatik III p. 330.

††) Brandis Münz-, Mass- und Gewichtswesen in Vorderasien p. 347. Arrian. Anab. I 26, 4 εἰσὶ δὲ οἱ Σιδῆται Κυμαῖοι ἐκ Κύμης τῆς Αἰολίδος· καὶ οὗτοι λέγουσιν ὑπὲρ σφῶν τόνδε τὸν λόγον, ὅτι ὡς κατῆράν τε ἐς τὴν γῆν ἐκείνην οἱ πρῶτοι ἐκ Κύμης σταλέντες... αὐτίκα τὴν μὲν Ἑλλάδα γλῶσσαν ἐξελάθοντο, εὐθὺς δὲ βάρβαρον φωνὴν ἵεσαν, καὶ οὐδὲ τῶν προσχώρων βαρβάρων, ἀλλὰ ἰδίαν σφῶν οὔπω πρόσθεν οὖσαν τὴν φωνήν· καὶ ἐκ τότε οὐ κατὰ τοὺς ἄλλους προσχώρους Σιδῆται ἐβαρβάριζον.

4*

erhaltenen Inschriften Athena den Hauptcultus *). Dem entsprechend kommt auf ihren Münzen von der ältesten Periode angefangen bis herab in die späte Kaiserzeit weitaus am häufigsten Athena als Prägebild vor, und zwar nahezu ausnahmslos in Verbindung mit einer Granate, die das redende Symbol von Side ist. Auf den ältesten Silberstücken ist der Granatapfel gross auf dem Revers in einem Perlenkranze angebracht, während der Avers einen behelmten (oder einmal wie es scheint blos bekränzten **) Pallaskopf in vertieftem Viereck aufweist (Taf. n. 1-3); auf den jüngeren erscheint er kleiner, im Felde neben einer ganzen Figur der Athena, welche auf der Rechten entweder eine Nike oder eine Eule hält, und auf den nach Alexander geprägten schönen Tetradrachmen, welche einerseits den Pallaskopf im korinthischen Helme, andererseits eine schreitende Nike mit Kranz in der ausgestreckten Rechten haben, findet er sich im Felde der Nikeseite (Taf. n. 4, 5); auch in den Reversdarstellungen der Bronzemünzen kommt er mehr als einmal als Emblem im freien Felde vor. Geradezu als Attribut der Athena aber, und zwar immer in ihrer rechten Hand gehalten, tritt er in einer grösseren Serie bronzener Kaisermünzen von Side auf (Taf. n. 9-16). Da diese Exemplare selten sind, wiederhole und gebe ich ihre Beschreibungen, so weit sie mir zugänglich geworden sind:

Nero
1. Mionnet Suppl. VII p. 65 n. 187 ΝΕΡΩΝ·ΚΑΙϹΑΡ. Tête nue de Néron jeune, avec la chlamyde sur les épaules.)(ϹΙΔΗΤΩΝ. Pallas marchant à gauche, tenant de la main droite levée une grenade, et de la gauche une haste avec un bouclier (Br. Mus.; vergl. Taf. n. 9).

Trajan
2. III p. 478 n. 189 ΤΡΑΙΑΝΟϹ·ΚΑΙϹΑΡ. Tête laurée de Trajan à droite, avec le *paludamentum*.)(ϹΙΔΗΤΩΝ. Pallas marchant à gauche, tenant dans la main droite une grenade et dans la gauche un bouclier.

Hadrian
3. III p. 478 n. 191 ΑΥΤ·ΚΑΙϹ·ΑΔΡΙΑΝΟϹ. Tête laurée d'Hadrien, à droite.)(ϹΙΔΗΤωΝ- Pallas marchant de droite à gauche, tenant une grenade dans la main droite et un bouclier dans la gauche.

---

*) Strabo 14, 667 εἶτα Σίδη Κυμαίων ἄποικος· ἔχει δ' Ἀθηνᾶς ἱερόν. C. I. G. II 4345 (vergl. p. 1163 mit der Bemerkung Cavedoni's), 4352—4355. Vergl. Stark Berichte der sächsischen Gesellsch. d. Wissensch. 1856 p. 56. Blau Zeitschrift der deutschen morgenländischen Gesellschaft VI p. 490, IX p. 76. L. Müller numism. de l'ancienne Afrique II p. 19 ff.

**) Combe num. mus. Hunter descr. T. 49 IV, Pinder und Friedländer Beiträge zur älteren Münzkunde 1851 p. 184 Taf. V 9. Vergl. Taf. n. 3.

Commodus

4. III p. 479 n. 195 A·AYP·KAICAP·KOMM·AY. Tête laurée de Commode, à droite, avec le *paludamentum*.)(CIΔHTΩN. Pallas marchant à gauche, tenant une grenade dans la main droite et un bouclier dans la gauche (Cab. d. méd. Paris; vergl. Taf. n. 10, unten mit einer Schlange).

5. Suppl. VII p. 68 n. 199 AY·KAI·M·AY·KOMMOΔON (sic). Tête imberbe laurée, avec le *paludamentum*.)(CIΔHTωN. Pallas casquée, marchant, à g., tenant une grenade de la main droite, et tenant de la gauche un bouclier près de l'épaule (Sestini lett. num. Cont. t. VIII p. 83 No. 15).

Crispina

6. ... KPICIIιN. Kopf der Crispina nach rechts.)(CI. Athena nach links schreitend, am linken Arm den Schild, in der rechten Hand die Granate haltend, am Boden eine Schlange (Cab. d. méd. Paris; vergl. Taf. n. 11).

Septimius Severus

7. Suppl. VII p. 69 n. 206 AYT·K·Λ·C·CEOYH··OC·ΠEPT. Tête laurée de Septime Sévère, à droite, avec le *paludamentum*.)(CIΔHT..... Minerve marchant, à gauche, tenant une grenade de la main droite et un bouclier, de la gauche; sous ses pieds, un serpent. Cab. de feu M. Allier à Paris. (Br. Mus. vergl. Taf. n. 12, über der rechten Achsel eine Lanze.)

8. Gleicher Avers)(CIΔH. Pallas nach links schreitend, am linken Arm den Schild, in der erhobenen rechten Hand die Granate haltend, am Boden wie es scheint ein Rest der Schlange (Br. Mus.; vgl. Taf. n. 13).

Geta

9. Suppl. VII p. 71 n. 214 AY·KA·CE·ΓETA. Tête laurée de Géta)(CIΔHTΩN. Pallas marchant, sous un vêtement singulier, tenant de la main droite une grenade, la gauche sur son bouclier, à ses pieds, un serpent. Christ. Ram. Cat. num. vet. reg. Daniae t. I p. 265 No 14.

Macrinus

10. III p. 480 n. 201 A·K·M·OΠ·CEYH·MAKPINOC·CE. Tête laurée de Macrin, à droite, avec le *paludamentum*.)(CIΔHTΩN. Pallas debout, regardant à gauche, tenant dans la main droite une grenade et dans la gauche une haste transversale; autour du bras gauche, un serpent.

Gordianus Pius

11. A.... NT ΓOPΔIANOC. Bekränzter Kopf des Gordian nach rechts mit Paludamentum.)(.IΔHTON. Pallas behelmt nach links stehend, am linken Arm einen Schild, in der nach links ausgestreckten Rechten einen Granatapfel haltend. (0.019, im Wiener Münzcabinet, Taf. n. 14).

Gallienus

12. AYT KAI ΠOYΛIEΓNA ΓAΛΛIHNOC CEB. Kopf des Kaisers nach rechts mit Binde und Strahlenkranz, im Felde rechts I)(CIΔHTΩN NEΩKOPΩN. Pallas nach links auf einem Klappstuhl sitzend, in der Linken einen Palmzweig, auf der Rechten eine Granate haltend (Cab. d. méd. Paris; vergl. Taf. n. 15).

13. Gleicher Avers, das Brustbild bekränzt ohne Strahlen, darunter ein Pfeil.)(..ΔHTΩN NEΩKOPΩN. Pallas nach links stehend, in der Linken eine Palme, in der Rechten nach unten eine Granate haltend (Cab. d. méd. Paris; vergl. Taf. n. 16; die Kelchblätter der Frucht sind im Abdruck nicht zu verkennen; sonst würde die Figur in eine andere Serie spätrömischer Bronzemünzen von Side gehören, auf denen Athena eine Palme führt und mit der Rechten eine Kugel oder einen Stein in eine Urne wirft).

Auch kommen auf Bronzemünzen von Side männliche Figuren, in denen man ideale Kaiserdarstellungen erkannt hat*), in deutlicher Imitation dortiger Localculte, einmal sogar geradezu als Tempelbild innerhalb eines Säulenbaues, mit dem Granatapfel in der rechten Hand vor:

Augustus

1. Mionnet III p. 477 n. 184 Sans légende. Tête laurée d'Auguste, à droite.)(CIΔHTωN. Figure militaire debout, tenant dans la main droite une grenade et dans la gauche la haste.

Domitian

2. W. Webster Numismatic Chronicle 1873 p. 30 ΔOMITIANOC·KAI·ΓEPMANIKOC. Laureated head to right.)(Emperor standing holding a spear in his left hand and in his right a pomegranate; at his feet a branch.

Trajan

3. TPAIANOC KAICAP NEPOY. Bekränzter Kopf des Trajan nach rechts.)(.ιΔHι.. Stehende unbärtige männliche Figur mit Haarlocke, in gegürtetem kurzem Chiton, rückwärts lang herabfallender Chlamys und hohen Stiefeln, mit der erhobenen Linken einen Stab aufstützend, in der nach links ausgestreckten Rechten einen Granatapfel haltend (Br. Mus.; vergl. Taf. n. 6).

Hadrian

4. Mionnet suppl. VII p. 67 n. 193 AYT·KAI·TPAI·AΔPIANOC. Tête laurée d'Hadrien, avec le *paludamentum*.)(CIΔHTΩN. L'empereur, vêtu du *paludamentum*, debout, en face, tenant dans la main droite étendue une grenade, et de la gauche une haste; à ses pieds, à droite, une branche de la grenade s'élevant de terre. Sestini descr. del Mus. Hederv. II p. 260 N 15 (Çab. d. méd Paris; vergl. Taf. n. 8, wo die Figur bärtig ist, ohne Locken).

5. Gleicher Avers.)(CIΔHTωN. Bärtige Figur mit Locken in gleicher Tracht und Haltung wie n. 3; der Frucht in der rechten Hand fehlen die Kelchblätter (Br. Mus.; vergl. Taf. n. 7).

Septimius Severus

6. Suppl. VII p. 70 n. 207 AY·K·Λ·CEΠT·CEOYHPOC·ΠEP. Tête laurée de Septime-Sévère avec le *paludamentum*.)(CIΔHTΩN. Grand temple distyle, dans lequel est l'empereur assis, tourné à gauche, tenant de la main droite la grenade et de la gauche une haste. Sestini descr. d. Med. ant. gr. del Mus. Hed. t. II p. 260 No 17.

Desgleichen findet sich auf Münzen des Domitian (Mionnet III p. 477 n. 186, suppl. VII p. 66 n. 190) neben einer sitzenden Figur der Stadtgöttin, welche auf der Rechten eine Nike, in der Linken ein Akrostolion hält, »une enseigne surmontée de la grenade«, und eine Münze des Gallien (Mionnet III, p. 486 n. 232) zeigt dieselbe Tyche der Stadt, mit Schleier und Mauerkrone, auf einem Felsen sitzend, in der rechten Hand die Granate haltend.

---

*) Ob mit Recht wage ich nach den mir vorliegenden Abdrücken nicht zu entscheiden.

Man erkennt aus Allem deutlich den eigenthümlichen Werth und die besondere Geltung, welche die Granate in den Gottesdiensten von Side besass. Diese gottesdienstliche Geltung kann nicht jungen Ursprungs sein, nicht einem späten künstlerischen Einfall ihre Entstehung danken, so gewiss es auch kein Zufall ist, dass sie schärfer erst in derjenigen Periode hervortritt, welcher die angeführten Münzreihen angehören. Für ihr hohes Alter in Side spricht die Analogie anderer alterthümlicher Culte in denen die Granate Attribut ist, sprechen zahlreiche kunstgeschichtliche Analogien und die innere Natur derartiger Symbole überhaupt, welche aus der Jugendzeit der religiösen Phantasie herrühren. Was in der griechisch-römischen Epoche die Tyche der Stadt bedeutete, war in alten Zeiten die Hauptgottheit selbst, Athena. Wie die Cultusdarstellungen der Kaisermünzen immer ein treuer Ausdruck des gottesdienstlichen Geschmacks ihrer Zeit sind, welcher überall wiederholend oder umbildend auf frühere Kunstschöpfungen zurückgriff, so bringen sie in Side ein allem Anschein] nach sehr altes Cultusbild der Athena wieder zu Ehren, an das die Abbreviaturtypen der ältesten Stadtmünzen nur erinnern konnten und welches in der Zeit der vollendeten Kunstpflege einer durch die Parthenos des Pheidias wie anderwärts in Kleinasien beeinflussten Bildung gewichen war. Als Attribut dieses alten Cultusbildes der Athena veranschaulichte das redende Symbol von Side sinnreich und augenfällig die Obhut und Macht der Göttin, in deren Hand das Schicksal der Stadt lag. Aus ihrem Culte ging es dann naturgemäss über in den späteren einer besonderen Tyche von Side, und weiter (wenn diese Deutung früherer Numismatiker sicher ist) in denjenigen der Kaiser, die damit gewissermassen in das Amt und an die Stelle der Ortsgottheit eintraten.

Es ist wichtig zu betonen, dass ausser dem Cultusbilde von Athen die Münzen von Side das einzige sichere Beispiel für eine attributive Verbindung der Granate mit Athena bieten. Bei dieser Seltenheit der Sache ist die Annahme eines bestimmten Abhängigkeitsverhältnisses unabweisbar. Bereits Eckhel hat dies geahnt, indem er sich über die Münzen von Side, noch ohne den erst in unserem Jahrhundert wiedergewonnenen Tempel der Athena Nike zu kennen, folgendermassen äussert *): »Pallas et Victoria perpetuus

---

*) Eckhel doctrina numorum III p. 15.

fere sunt huius urbis typus. Uterque conjunctus plane persuadet, eo pro-
poni Minervam Victoriam, de qua affatim egi in moneta Atheniensium, atque istud tanto magis, quod Minerva hoc nomine teste Suida (in Νικη Αθηνα)
dextera malum Punicum gestavit, quod ipsum fuit Sidetum symbolum ex
nominis etymo captum. Jam supra in numis antiquioris formae vidimus Pal-
ladem d. Victoriam praeferentem«. In welcher Weise das Abhängigkeitsver-
hältniss zu denken sei, ist klar angezeigt durch den Umstand, dass der
nämliche Sachverhalt in Side einfach und verständlich ist, während er in
Athen räthselhaft und dunkel vorliegt. Der Cultus kann nicht von Athen
nach Side, sondern muss von dort nach Athen gekommen sein, und der
geschichtliche Anlass, der dazu führte, ist noch unschwer zu erkennen. Side
lag auf dem Isthmus einer nach Südwest vorspringenden kleinen Halbinsel
Pamphyliens, genau fünf Stunden östlich von der Mündung des Eurymedon *). In den Gewässern dieser Küste und auf der Ebene zwischen dem
Eurymedon und Side wurde von Kimon die berühmte Doppelschlacht geschlagen, die nach dem Wortlaute des Simonideischen Epigrammes **), welches im athenischen Kerameikos das Gedächtniss der Gefallenen ehrte, seit
Alters den Namen der Schlacht am Eurymedon führt. Einer im Alterthum
weit verbreiteten Sitte gemäss wurden die Gottheiten eroberter Länder und
die Gottheiten der Kriegsschauplätze von den Siegern in ihre Heimat ver-
setzt, wo sie das Andenken der Schlachten verherrlichten, deren Zeuge sie
gewesen waren. Aus Attika bietet das bekannteste Beispiel der Tempel der
knidischen Aphrodite, den Konon im Peiraieus als Siegesdenkmal der Seeschlacht bei Knidos errichtete †). Combinirt gewähren diese Thatsachen un-

---

*) Nach der Aufnahme Beaufort's, Karamania, or a brief description of the south
coast of Asia-Minor London 1817 (to face title, und der Specialplan zu p. 140). Damit stimmen die genauen Angaben G. Hirschfelds Monatsber. d. Berl. Akad. 1875 p. 125. Vergl. das
von Kiepert veröffentlichte Itinerar P. von Tschihatscheff's im Ergänzungsheft Nr. 20 zu
Petermann's geograph. Mittheilungen, Gotha 1867 p. 20. Spratt and Forbes travels in Lycia,
Milyas and Cibyra II p. 33 ff. C. Müller geogr. graeci min. I p. 489 tab. XXV. Ritter Erd-
kunde von Asien IX, Kleinasien Bd. II p. 599 ff.

**) Anthol. Pal. VII 258 (vergl. Bergk poetae lyr. gr. III³ p. 1153):

Οἴδε παρ᾽ Εὐρυμέδοντα ποτ᾽ ἀγλαὸν ὤλεσαν ἥβην
μαρνάμενοι Μήδων τοξοφόρων προμάχοις,
αἰχμηταί, πεζοί τε καὶ ὠκυπόρων ἐπὶ νηῶν.
κάλλιστον δ᾽ ἀρετῆς μνῆμ᾽ ἔλιπον φθίμενοι.

†) Paus. I 1, 3 πρὸς δὲ τῇ θαλάσσῃ Κόνων ᾠκοδόμησεν Ἀφροδίτης ἱερόν, τριήρεις
Λακεδαιμονίων κατεργασάμενος περὶ Κνίδον τὴν ἐν τῇ Καρικῇ χερρονήσῳ. Κνίδιοι γὰρ

mittelbar den gewünschten Aufschluss: nach dieser religiösen Sitte wurde die Athena Polias von Side in Folge jenes grössten ruhmvollsten kimonischen Sieges Athena Nike in Athen. Wie ohne Weiteres ersichtlich ist, konnte dies in verschiedener Weise geschehen. Es ist denkbar, dass Kimon ihren Cultus in Athen überhaupt neu einführte und mit dem Staatsculte der attischen Polias verband, oder dass er einem schon bestehenden älteren etwa nur an einen Altar geknüpften Cultus der Athena Nike in Athen durch Stiftung eines Tempels eine glänzendere Form und eine neue Fassung und mit der Erinnerung an eine glorreiche That attischer Tapferkeit tieferen Inhalt gab. Es ist möglich, dass das Cultusbild, mit dessen Anfertigung er sicherlich einen hervorragenden attischen Künstler seiner Zeit betraute, sich genauer an die Haltung des orientalischen Urbildes anschloss, oder dass es, wie der Cultus attisch zu werden bestimmt war, von Haus aus eine wesentlich attische Gestalt erhielt — gleichviel, in welcher Form immer die Uebertragung und Einfügung sich vollzog — die Thatsache, dass sie sich vollzog, beweist der Platz, der dem neuen Tempel vor der Grenze des alten Burgheiligthums neben anderen zugewanderten θεοὶ ὑπακραῖοι *) angewiesen wurde, und beweist vor Allem das redende Symbol der Granate, das die Göttin wie ein Ursprungszeugniss in der Hand hielt.

Es wäre erwünscht für den in Frage stehenden Zweck von der Schlacht am Eurymedon und den Vorgängen, die ihr folgten und vorauslagen, ein genaueres Bild gewinnen zu können. Aber die Ueberlieferung lässt hierfür völlig im Stich, und mit allem Recht hat man Verzicht darauf geleistet, in ihre unbestimmten, lückenhaften und in wesentlichen Dingen widersprechenden Berichte **), welche zeigen wie früh sich eine ausführlichere Kunde verloren hatte, Ordnung und Klarheit zu bringen. Von Side ist in diesen Berichten so wenig die Rede wie von dem drei Stunden vom Meer aufwärts am Eurymedon gelegenen Aspendos oder dem westlich von Aspendos im Lande gelegenen Sylleion, welche Orte alle als die nächsten Stütz- und Rückzugspunkte für die Perser Bedeutung besitzen mussten. Dass von diesen Orten vor Allem Side in Frage kam und in den raschen entscheidenden

---

τιμῶσιν Ἀφροδίτην μάλιστα, καί σφισιν ἔστιν ἱερὰ τῆς θεοῦ. Vergl. Rangabé antiquités helléniques II n. 809, 1069. C. I. A. II n. 627.

*) C. Bötticher Philologus 21 p. 46 ff., 22 p. 92 ff.

**) Vischer Kimon p. 51. Kirchhoff Hermes XI p. 1 ff., 20 ff.

Ereignissen jener Tage eine besonders wichtige Rolle spielte, lehrt indessen der Umstand, dass es (abgesehen von dem weit über 400 Stadien östlich entfernten unbedeutenden Korakesion und dem später gegründeten Attaleia) der einzige Hafen der pamphylischen Küste war *). Wo an einer noch von der heutigen Seefahrt gefürchteten Küstenstrecke nach verschiedenen Angaben zwischen 200 und 300 Schiffe auf griechischer, zwischen 350 und 600 auf persischer Seite zusammenstiessen und die persische Flotte naturgemäss mit der Landmacht beständige Fühlung zu unterhalten hatte, ist jene Thatsache gewichtiger und vielsagender, als die ohne genauere Ortskunde und in relativ später Zeit entworfenen Beschreibungen, die wir von der Schlacht besitzen. Auch ist möglich, dass eine Spur davon in unserer Ueberlieferung noch verborgen liegt. Nach der Erzählung Plutarchs hatte sich die persische Flotte, als Kimon von Lykien herannahte, in die Mündung des Eurymedon zurückgezogen, um einer Schlacht auszuweichen, bis achtzig phönikische Trieren, welche südöstlich von Kypros herübersegelten, zu ihnen gestossen wären. Kimon hatte alsdann die Perser zum Kampfe am Eurymedon gezwungen und zur See und zu Lande besiegt, unmittelbar darauf aber sich dem inzwischen eingetroffenen phönikischen Geschwader entgegengewendet und auch dieses zu Grunde gerichtet: Ἔφορος μὲν οὖν Τιθραύστην φησὶ τῶν βασιλικῶν νεῶν ἄρχειν καὶ τοῦ πεζοῦ Φερενδάτην, Καλλισθένης δ’ Ἀριομάνδην τὸν Γωβρύου κυριώτατον ὄντα τῆς δυνάμεως παρὰ τὸν Εὐρυμέδοντα ταῖς ναυσὶ παρορμεῖν οὐκ ὄντα μάχεσθαι τοῖς Ἕλλησι πρόθυμον, ἀλλὰ προσδεχόμενον ὀγδοήκοντα ναῦς Φοινίσσας ἀπὸ Κύπρου προσπλεούσας. Ταύτας φθῆναι βουλόμενος ὁ Κίμων ἀνήχθη βιάζεσθαι παρεσκευασμένος, ἂν ἑκόντες μὴ ναυμαχῶσιν. οἳ δὲ πρῶτον μὲν, ὡς μὴ βιασθεῖεν, εἰς τὸν ποταμὸν εἰσωρμίσαντο, προσφερομένων δὲ τῶν Ἀθηναίων ἀντεξέπλευσαν, worauf in allgemeinen Zügen die Schilderung des Kampfes zur See, der erkämpften Landung und der Landschlacht mit

---

*) Leake numism. Hellen. suppl. Asia p. 89 »(Side) was the chief naval station on the southern coast of Asia Minor, and the only one except that of Corycus [in Kilikien] or Sebaste, for these two places were so near to each other that they could not have formed more than a single naval station, though both places on their coins assumed the epithet ΝΑΥΑΡΧΙC.« Strabo p. 664 ἐν Σίδῃ γοῦν πόλει τῆς Παμφυλίας τὰ ναυπήγια συνίστατο τοῖς Κίλιξιν, ὑπὸ κήρυκά τε ἐπώλουν ἐκεῖ τοὺς ἁλόντας ἐλευθέρους ὁμολογοῦντες. Daher sprichwörtlich Diogen. III 52 (paroem. gr. II p. 45 ed. Leutsch) ὁ ἐν Σίδῃ μοι λιμὴν γέγονεν. Eine ausführliche Darstellung des Hafens von Side auf Bronzemünzen der Stadt: Mionnet suppl. VII p. 74. 224. Leake num. Hell. suppl. Asia p. 89. Catal. Gréau n. 1921. Vergl. G. Hirschfeld Monatsb. d. Berl. Akad. 1874 p. 713, 1875 p. 125. Kiepert Lehrbuch d. alten Geogr. p. 122.

der Erbeutung des Lagers folgt, und der Erzähler unmittelbar anschliessend fortfährt: καὶ τὰς ὀγδοήκοντα Φοινίσσας τριήρεις, αἳ τῆς μάχης ἀπελείφθησαν, Ὕδρῳ προσβεβληκέναι πυθόμενος διὰ τάχους ἔπλευσεν, οὐδὲν εἰδότων βέβαιον οὔπω περὶ τῆς μείζονος δυνάμεως τῶν στρατηγῶν, ἀλλὰ δυσπίστως ἔτι καὶ μετεώρως ἐχόντων· ᾗ καὶ μᾶλλον ἐκπλαγέντες ἀπώλεσαν τὰς ναῦς ἁπάσας, καὶ τῶν ἀνδρῶν οἱ πλεῖστοι συνδιεφθάρησαν *). Ein Ort Hydros ist unbekannt;

---

*) In runder Summe werden 100 Schiffe genannt in dem Grabepigramm der Anthol. Pal. VII 296, das sich auf den kimonischen Doppelsieg bezieht:

Ἐξ οὗ τ' Εὐρώπην Ἀσίας δίχα πόντος ἔνειμεν
καὶ πόλιας θνητῶν θοῦρος Ἄρης ἐφέπει,
οὐδενί πω κάλλιον ἐπιχθονίων γένετ' ἀνδρῶν
ἔργον ἐν' ἠπείρῳ καὶ κατὰ πόντον ὁμοῦ.
οἵδε γὰρ ἐν γαίῃ Μήδων πολλοὺς ὀλέσαντες
Φοινίκων ἑκατὸν ναῦς ἕλον ἐν πελάγει
ἀνδρῶν πληθούσας· μέγα δ' ἔστενεν Ἀσὶς ὑπ' αὐτῶν
πληγεῖσ' ἀμφοτέραις χερσὶ κράτει πολέμου.

Dass auch dieses Epigramm wie das auf p. 32** angeführte Quelle der Ueberlieferung war, zeigt der Umstand, dass die gleiche Zahl von 100 Schiffen nicht allein bei Diodor und Plutarch, sondern sogar bei dem Redner Lykurg Leocr. 72 wiederkehrt (Krüger historisch-philologische Studien I p. 66, der die Lesung von V. 5 gesichert hat). Auch der Ausdruck ἀνδρῶν πληθούσας ist wichtig, wenn die Flottenabtheilung der 80 oder 100 phönikischen Schiffe, die von den Persern als Verstärkung erwartet wurde, Truppen transportirte. — Als anathematisch führt das Epigramm irrthümlicher Weise Diodor XI 62, 3 an nach Schilderung der Schlacht mit den Worten: ὁ δὲ δῆμος τῶν Ἀθηναίων δεκάτην ἐξελόμενος ἐκ τῶν λαφύρων ἀνέθηκε τῷ θεῷ, καὶ τὴν ἐπιγραφὴν ἐπὶ τὸ κατασκευασθὲν ἀνάθημα ἐπέγραψε τήνδε. Dieser schwer begreifliche Irrthum fällt weg, wenn man nach diesen Worten eine Lücke annimmt und mit dieser den Ausfall einer Beschreibung des von den Athenern in Delphi geweihten Anathems (Athena auf einer Palme, vgl. p. 38), auf das sich jene Worte unverkennbar beziehen (τῷ θεῷ, vergl. Bergk lyr. gr. III p. 1172). — Das Epigramm wird mit dem p. 32** angeführten zusammen auf der von Pausanias im Kerameikos gesehenen Stele zu Ehren der am Eurymedon Gefallenen gestanden haben. Ein drittes Epigramm der Anthol. Pal. VII 443:

Τῶνδε ποτὲ στέρνοισι, τανυγλώχινας ὀϊστοὺς
λοῦσεν φοινίσσᾳ θοῦρος Ἄρης ψακάδι.
Ἀντὶ δ' ἀκοντοδόκων ἀνδρῶν μνημεῖα θανόντων,
ἄψυχ' ἐμψύχων, ἅδε κέκευθε κόνις,

wird von dem Lemmatisten, dem zuweilen eine gute Tradition vorlag (Finsler kritische Untersuchungen zur Gesch. d. griech. Anthologie, Zürich 1876 p. 157) gleichfalls auf die Schlacht am Eurymedon bezogen. Drei solche Epigramme, deren Scheidung Kirchhoff erkannt hat, sind inschriftlich ungeschieden auf der Grabstele der bei Potidaia Gefallenen erhalten (C. I. A. I 442). Auch sonst, bei öffentlichen wie bei privaten Gräbern, sind an einem Monument mehrere Epigramme vereinigt gewesen, wie häufige Beispiele der Anthologie und der Inschriften zeigen (vergl. z. B. Kaibel epigrammata graeca 204, 511). Bei öffentlichen Monumenten liegt es nahe, diese merkwürdige Thatsache durch einen Dichteragon zu erklären, wozu auch die Dreizahl gut stimmen würde. Darauf führt u. A. auch die (in der Regel auf

man glaubt ihn verschrieben und hat ohne genügenden Anhalt verschiedene andere Namen dafür einsetzen wollen. In überzeugender Weise begründete Vischer *), dass »ein nicht sehr weit vom Eurymedon gelegener Ort an der Küste zu verstehen« sei; sein eigener Vorschlag aber, das weit abliegende Syedra zwischen Korakesion und Selinus an der kilikischen Küste, entspricht dieser Forderung keineswegs. Da es an und für sich nicht anders denkbar ist, als dass die von Kypros kommende Flottenabtheilung einen Hafenort zum Zielpunkt ihrer Ueberfahrt wählte, so würde in erster Linie vielmehr Side in Frage kommen. Zudem trifft sich eigen, dass in einer aus dem attischen Kerameikos erhaltenen öffentlichen Liste gefallener Krieger, welche nachgewiesenermassen in jene Zeit gehört, mit den Worten ἐπὶ Σιδείῳ eine Ortsbezeichnung vorkommt, für die noch kein geographischer Aufschluss gefunden worden ist **). Möglicher Weise war damit die Halbinsel von Side gemeint, das »promontorium quod ab Sida prominet in altum«, wie es Livius nennt in der Beschreibung der gleichfalls zwischen dem Eurymedon und Side geschlagenen Seeschlacht des Jahres 190 v. Ch., welche überhaupt mehr als einen Berührungspunkt mit den Operationen des Kimon aufweist †).

Die Spur, welche in diesem Zusammentreffen liegt, mag ihrer Natur nach unsicher sein, aber sie ist an sich von keinem Belang für die vorliegende Frage, auch wenn sie sich im Verfolg als trügerisch herausstellen sollte. Ihre Erledigung kann die geographisch gegebene thatsächliche Bedeutung von Side nicht berühren, welche in irgend einer Weise nothwendig in den Verlauf jener historischen Begebenheiten eingreifen musste. Und selbst

---

eine Elegie gedeutete) Nachricht im Leben des Aischylos, dass Aischylos von Simonides besiegt worden sei ἐν τῷ εἰς τοὺς ἐν Μαραθῶνι τεθνηκότας ἐλεγείῳ (Schneidewin Simonidis rell. p. 80). Vergl. Athen. p. 697a ed. Meineke ἐπ' Ἀντιγόνῳ δὲ καὶ Δημητρίῳ φησὶ Φιλόχορος Ἀθηναίους ᾄδειν παιᾶνας τοὺς πεποιημένους ὑπὸ Ἑρμοκλέους τοῦ Κυζικηνοῦ ἐφαμίλλων γενομένων τῶν παιᾶνας ποιησάντων πολλῶν καὶ τοῦ Ἑρμοκλέους προκριθέντος

*) Vischer Kimon p. 51, Anm. 52.

**) C. I. A I 432, wo neben anderen verstümmelten Ortsangaben die zweimalige Bezeichnung ἐν Θάσῳ auf die Expedition nach Thasos hinweist, die sich im Texte des Thukydides I 100 unmittelbar anschliesst an die Erwähnung der Schlacht am Eurymedon. Vergl. Stephanus Byz. Σιδοῦς... καὶ τόπος Παμφυλίας.

†) Wie Kimon bricht Eudamos mit der rhodischen Flotte von Phaselis an der Ostküste Lykiens auf in den pamphylischen Meerbusen und landet vorläufig an der Mündung des Eurymedon, wo er erfährt *ab Aspendiis ad Sidam hostis esse* (Livius XXXVII 23, 3). Dann findet die Schlacht auf dem Meer in der Höhe des Promontoriums von Side statt und die von Hannibal befehligte Flotte des Antiochos zieht sich geschlagen und verfolgt augenscheinlich in den Hafen von Side zurück (24, 9).

wenn die Häfen von Side — aller Wahrscheinlichkeit entgegen — sei es während, sei es nach der Schlacht ganz ausser Spiel geblieben sein sollten, so musste Side als nächste Stadt der Küste für Kimon den natürlichsten Anlass bieten, ein religiöses Denkmal seines Sieges zu errichten; denn für die Griechen seiner Flotte und für die Athener der Heimat war die Gottheit von Side der nächste Zeuge der hellenischen Triumphe. Dieser entscheidende Punkt liegt klar vor Augen, unbeeinträchtigt durch das Schweigen unserer dürftigen Ueberlieferung. Wie eine Untersuchung Kirchhoff's *) vor Kurzem schärfer erkennen liess, schloss der Sieg am Eurymedon eine kriegerische Unternehmung ab, welche der grösste erfolgreiche Angriffsstoss war, den der delische Seebund unter der Führung Athens jemals gegen die Perser geführt hat. Er gewann und sicherte dem Bunde den Besitz einer weiten Küstenstrecke Kleinasiens, welche früher sich neutral verhalten hatte oder dem persischen Einfluss unterworfen gewesen war. Das Gebiet des Bundes erhielt eine Ausdehnung, welche in späterer Zeit nur ganz unwesentliche Erweiterungen erfuhr. Dieser epochemachenden Bedeutung des ganzen Unternehmens musste die Aeusserung des Dankes entsprechen, welchen Kimon der Schutzgöttin Athens darzubringen hatte. Das Monument, das er an der Schwelle ihrer Burg aus der gewonnenen reichen Beute aufführte, war eine Art religiöser Trophäe aus dem Orient. Wie das von ihm errichtete Theseion ein Denkmal der Eroberung von Skyros **) war, so krönte den mit seinem Namen für immer verknüpften grossen Bau der Südmauer der Akropolis †) als künstlerischer Abschluss und gewissermassen als historische Signatur der glänzende Niketempel, in den eine fremde und doch verwandte Göttin einzog, als Zeuge des in fernem Feindesland errungenen Sieges.

Das gewonnene Ergebniss bestätigt sich sofort durch Folgerungen, die sich unmittelbar anschliessen oder mittelbar daraus ableiten lassen.

---

*) Kirchhoff der delische Bund im ersten Decennium seines Bestehens, Hermes XI p. 1 ff. Vergl. M. Köhler Urkunden und Untersuchungen zur Geschichte des delisch-attischen Bundes p. 93 ff. Volquardsen in Bursians Jahresbericht 1876 p. 353 ff.

**) L. Ross das Theseion p. 26.

†) Plut. Cimon 13 πραθέντων δὲ τῶν αἰχμαλώτων λαφύρων (der Schlacht am Eurymedon) εἴς τε τὰ ἄλλα χρήμασιν ὁ δῆμος ἐρρώσθη καὶ τῇ ἀκροπόλει τὸ νότιον τεῖχος κατεσκεύασεν ἀπ' ἐκείνης εὐπορήσας τῆς στρατείας. Vergl. Michaelis Mittheilungen des deutschen archæologischen Institutes in Athen I p. 300 ff.

Ein besonderes Gewicht erhält zunächst eine Stelle des Cornelius Nepos im Leben des Kimon 2, 5: »his ex manubiis arx Athenarum, qua ad meridiem vergit, est *ornata*.« Karl Nipperdey bemerkt hierzu: »Statt *ornata* musste es *munita* heissen.« Allerdings, wenn die von Kimon erbaute Südmauer der Akropolis ausschliesslich darunter zu verstehen wäre. Aber das Wort *ornata* deutet auf künstlerischen Schmuck, und der einzige künstlerische Schmuck der Südmauer war eben der Niketempel. In dem Worte *ornata*, das sich als Ueberrest einer volleren Fassung der Ueberlieferung zu erkennen giebt, liegt indirect ein vollkommen unzweideutiges Zeugniss für seinen Kimonischen Ursprung.

In neuem, schärferem Lichte erscheint sodann das Weihgeschenk, das die Athener für den Sieg am Eurymedon in Delphi errichteten *). Es bestand in einer vergoldeten Statue der Athena, einem Palladion, welches nach übereinstimmenden, durchaus klaren Beschreibungen des Pausanias und Plutarch auf einer ehernen Palme aufgestellt war. Das Denkmal veranschaulichte also in der symbolischen Sprache der alten Kunst einen hellenischen Sieg über den Orient. Die Palme, welche in altgriechischen Darstellungen so oft zur Bezeichnung morgenländischer Scenen benutzt ist, war hier ein redendes Symbol wie die Granate in der Hand der Athena Nike, und die Burggöttin Athens,

---

*) Paus. X 25, 4 Τὸν δὲ φοίνικα ἀνέθεσαν Ἀθηναῖοι τὸν χαλκοῦν, καὶ αὐτὸν καὶ Ἀθηνᾶς ἄγαλμα ἐπίχρυσον ἐπὶ τῷ φοίνικι, ἀπὸ ἔργων ὧν ἐπ' Εὐρυμέδοντι ἐν ἡμέρᾳ τῇ αὐτῇ τὸ μὲν πεζῇ, τὸ δὲ ναυσὶν ἐν τῷ ποταμῷ κατώρθωσαν. τούτου τοῦ ἀγάλματος ἐνιαχοῦ τὸν ἐπ' αὐτῷ χρυσὸν ἐθεώμην λελυμασμένον .... Κλειτόδημος δὲ.... ἐν τῷ λόγῳ φησὶ τῷ Ἀττικῷ, ὅτε Ἀθηναῖοι παρεσκευάζοντο ἐπὶ Σικελίᾳ τὸν στόλον, ὡς ἔθνος τι ἄπειρον κοράκων κατῆρε τότε ἐς Δελφούς, καὶ περιέκοπτόν τε τοῦ ἀγάλματος τούτου καὶ ἀπέρρησσον τοῖς ῥάμφεσιν ἀπ' αὐτοῦ τὸν χρυσόν· λέγει δὲ καὶ ὡς τὸ δόρυ καὶ τὰς γλαῦκας καὶ ὅσος καρπὸς ἐπὶ τῷ φοίνικι ἐπεποίητο ἐς μίμησιν τῆς ὀπώρας, κατακλάσαιεν καὶ ταῦτα οἱ κόρακες. — Plut. Nicias 13, 3 Ἐν δὲ Δελφοῖς Παλλάδιον ἔστηκε χρυσοῦν ἐπὶ φοίνικος χαλκοῦ βεβηκὸς ἀνάθημα τῆς πόλεως ἀπὸ τῶν Μηδικῶν ἀριστείων· τοῦτ' ἔκοπτον ἐφ' ἡμέρας πολλὰς προσπετόμενοι κόρακες, καὶ τὸν καρπὸν ὄντα χρυσοῦν τοῦ φοίνικος ἀπέτρωγον καὶ κατέβαλλον. — Plut. de Pythiae oraculis VII p. 564 ed. Reiske ἐν δὲ τοῖς Σικελικοῖς τῶν Ἀθηναίων ἀτυχήμασιν αἵ τε χρυσαῖ τοῦ φοίνικος ἀπέρρεον βάλανοι, καὶ τὴν ἀσπίδα τοῦ παλλαδίου κόρακες περιέκοπτον. — »Vor dem Stamm unter den Zweigen« dachte sich das »Bild der bewaffneten Athena« Bötticher Baumkultus der Hellenen p. 213 (der die Stellen Plutarchs übersehen hatte, und ihm folgend E. Curtius Nachrichten d. kön. Gesellsch. der Wissensch. zu Göttingen 1861 p. 371), in der Krone des Baumes Schubart archæol. Zeitung 1862 p. 235. Vergl. M. Scharschmidt de ἐπὶ praepositionis apud Pausaniam vi et usu Lipsiae 1873 p. 48.

die den Sieg verliehen hatte, stand mit ihren Eulen wie eine gebietende Herrscherin auf ihr. Der Sinn dieses merkwürdigen Anathems mochte um so nachdrücklicher und bedeutungsvoller hervortreten, je mehr das Ganze den Charakter eines Einmaligen, Ausserordentlichen trug. Eine vollkommen gleiche Darstellungsweise der Athena ist nicht bekannt *). Eine Analogie, die auch in anderer Beziehung beachtenswerth ist, bietet jedoch ein attisches Votivrelief im Louvre, welches sich anerkanntermassen auf einen Seesieg bezieht und nach seinem eigenthümlichen hin und wider noch etwas alterthümlichen Stile möglicher Weise die Copie eines Originales aus jener Zeit ist **): zwischen einer Nike, die ein Aplustre in der Hand hält, und einem bärtigen Krieger, der einen Palmzweig trägt, erhebt sich ein von einer Schlange umwundener Baumstamm, auf dem ein mit Schild und Lanze bewaffnetes Palladion steht. Dem Baume fehlen in dem Relief Zweige und

Blätter, die an dem delphischen Weihgeschenke, wie die Erwähnung der Datteln beweist, vorhanden waren. Dem Wuchse der Palme entsprechend werden sie dort eine capitälartig stilisirte Krone gebildet haben, auf der das Bild der Göttin dominirend sich erhob, — eine künstlerische Aufgabe, welche

---

*) Die Darstellungen von Götterbildern auf Bäumen, welche Bötticher (Baumkultus der Hellenen p. 140 ff. n. 45-48) zusammengestellt hat, sind unsicher. Namentlich fällt das Relief der Telete weg, wo das Götterbild vielmehr auf einem Pfeiler neben dem Baume steht, vergl. Kekulé die antiken Bildwerke im Theseion n. 284.

**) Clarac musée de sculpture pl. 223, 175, Müller-Wieseler Denkmäler der alten Kunst I 14, 48, Otto Jahn de antiquissimis Minervae simulacris atticis p. 15, II 3.

an sich reizvoll und dankbar erscheint, und für eine Zeit wohlverständlich ist, in der wir nach Massgabe der erhaltenen Denkmäler die ersten Anfänge der Bildung des korinthischen Capitäls zu suchen haben.

Aber das Heiligthum der Burggöttin Athena selbst konnte eines besonderen eigenen Weihgeschenks nicht entbehren. Nach der Zerstörung der Perserkriege war es rasch wiederhergestellt worden in irgend einer provisorischen Gestalt*), in der es bis zu der späteren Aufführung des marmornen Neubaues, den wir im Erechtheion bewundern, bestand, und hatte in dieser Zeit mehr als ein berühmtes Anathem erhalten, das an einzelne glorreiche Ereignisse des grossen Freiheitskampfes erinnerte. Ist es ein blosser Zufall, wo Alles in der Ausstattung des Heiligthumes hochbedeutsam erscheint, dass uns auch hier eine Palme begegnet, eine eherne Palme über der ewigen Lampe von Gold, welche der Erfinder des korinthischen Capitäls, Kallimachos, gefertigt hatte? Und zwar kunstreich verwandt für eine praktische Bestimmung, die bei einem provisorischen Baue besonders angezeigt war, indem der bis an die Decke reichende (wahrscheinlich hohle) Stamm des Baumes, wie Pausanias **) sagt, den Qualm der Lampe in sich aufnahm und wie ein Schlot abführte? Mag diese Frage auch vorerst nur Frage bleiben, man ist verpflichtet sie aufzuwerfen und muss gestehen, dass die natürliche Antwort die sich darauf bietet, vortrefflich in den Zusammenhang der kimonischen Weihgeschenke passen würde. Vortrefflich würde sie auch zu der bisher nicht richtig erkannten Zeit des Künstlers Kallimachos stimmen. Denn Kallimachos gehört nicht in die zweite, sondern in die erste Hälfte des fünften Jahrhunderts. Dionys von Halikarnass nennt ihn mit Kalamis zusammen auf einer Linie und stellt ihn mit diesem als älteren Künstler dem Pheidias und Polykleitos entgegen †). Seinen Namen trägt ein in alter-

---

*) Wachsmuth die Stadt Athen p. 539, 546 ff.

**) Paus. I 26, 6 λύχνον δὲ τῇ θεῷ χρυσοῦν Καλλίμαχος ἐποίησεν... φοίνιξ δὲ ὑπὲρ τοῦ λύχνου χαλκοῦς ἀνήκων ἐς τὸν ὄροφον ἀνασπᾷ τὴν ἀτμίδα.

†) Dionys. Halicarn. de Isocrate 3 p. 541 ed. Reiske δοκεῖ δή μοι μὴ ἄπο σκοποῦ τις ἂν εἰκάσαι τὴν μὲν Ἰσοκράτους ῥητορικὴν τῇ Πολυκλείτου τε καὶ Φειδίου τέχνῃ, κατὰ τὸ σεμνὸν καὶ μεγαλότεχνον καὶ ἀξιωματικόν· τὴν δὲ Λυσίου τῇ Καλάμιδος καὶ Καλλιμάχου, τῆς λεπτότητος ἕνεκα καὶ χάριτος. ὥσπερ γὰρ ἐκείνων οἱ μὲν ἐν τοῖς ἐλάττοσι καὶ ἀνθρωπικοῖς ἔργοις εἰσὶν ἐπιτυχέστεροι τῶν ἑτέρων, οἱ δ' ἐν τοῖς μείζοσι καὶ θειοτέροις δεξιώτεροι. οὕτω καὶ τῶν ῥητόρων ὁ μὲν ἐν τοῖς μικροῖς ἐστι σοφώτερος, ὁ δ' ἐν τοῖς μεγάλοις περιττότερος· τάχα μὲν γὰρ καὶ τῇ φύσει μεγαλόφρων τις ὤν· εἰ δὲ μή, τῇ γε προαιρέσει πάντως τὸ σεμνὸν καὶ θαυμαστὸν διώκων.

thümlicher Manier gearbeitetes Relief des capitolinischen Museums*) in einer Künstlerinschrift, die ihren Werth für die Zeitbestimmung des Künstlers nicht einbüsst, weil sie wie das Relief selbst eine Copie ist und die sprachliche Form spätgriechischer Künstlerinschriften wiederholt. Kallimachos galt als Erfinder des Marmorbohrers, eine Nachricht, die, wie immer sie verstanden werden mag, lediglich bei einem Künstler Sinn haben konnte, dessen Thätigkeit den Zeiten einer vollendet ausgebildeten Kunsttechnik vorauslag. Und sein oft erörterter Beiname Katatexitechnos wird doch nur dann in befriedigender Weise verständlich, wenn er irgendwie von dem Kreise des Pheidias ausging und eine Kunstweise bezeichnete, welche feinfühlig und mit treuem Fleisse, aber von der Tradition gehemmt, der nämlichen Vollendung zustrebte, die zu erreichen einem gewandteren jüngeren Geschlechte gleichsam spielend beschieden schien.

Die nächste Probe für die Richtigkeit des gewonnenen Ergebnisses muss aber der Niketempel selbst gewähren, hauptsächlich in seinen redenden Theilen, den Sculpturen. Liegt es auch ausserhalb des Planes der gegenwärtigen Untersuchung, auf diesen Theil der ganzen Frage näher einzugehen, um so mehr als eine neue Behandlung desselben in Kurzem von anderer Seite zu erwarten steht, so dürfen doch einige hauptsächliche Punkte, welche zunächst in die Augen springen, hier nicht ganz umgangen werden. Die zuletzt und wie es scheint allgemein gebilligte Exegese sieht in dem Friese der Nord-, West- und Südseite mit allem Recht die einheitlich zusammenhängende Darstellung einer bestimmten Schlacht. Es ist unverkennbar ein Perserkampf, in welchem zugleich Griechen gegen Griechen kämpfen. Wenn in diesem Griechenkampfe aber an und für sich ein Hinweis auf die Schlacht von Platää liegen soll, an welcher die Böoter und andere Nordgriechen auf persischer Seite theilnahmen, so ist dies ohne Weiteres so wenig verständlich, als die Möglichkeit abzusehen ist, diese Annahme mit einer späten Ansetzung des Tempels befriedigend in Einklang zu bringen. Nicht an ein längst vergangenes einzelnes Ereigniss der Perserkriege, dessen patriotische Bedeutung für die Athener ohnehin durch die Schlachten von Salamis und Marathon übertroffen wurde, sondern an die ganze Zeit der Perserkämpfe, welche für die Generation des peloponnesischen Krieges eine abgeschlossene

---

*) Mus. Capitol. IV 43. H. Meyer Geschichte der bildenden Künste I p. 32 Taf. 5D.

Vergangenheit war, hätte füglich ein so spät errichtetes Siegesmonument allein erinnern können. Es ist dringend geboten, den Fries des Tempels gegenständlich nicht zu trennen von den Reliefs der Balustrade, die, wann immer in ihrer gegenwärtigen Gestalt entstanden, doch nothwendig zum Tempel selbst gehörte und nicht gefehlt haben kann, seitdem der Pyrgos so hoch sich über den Burgaufgang erhob und auf seiner Plateform gottesdienstlichen Vorgängen und Versammlungen diente. Wie auch die zeitliche Entstehung und das stilistische Verhältniss der Bildwerke des Heiligthums beurtheilt werden mag, es bleibt — zumal bei der Art ihrer Erhaltung — vor Allem bedeutsam, dass die Reliefs der Balustrade die Errichtung eines Tropäon für einen Seesieg, und die Reliefs der Friese eine Landschlacht darstellen. In diesem gegenständlichen Zusammentreffen liegt ganz allgemein betrachtet eine Bürgschaft für die Doppelschlacht am Eurymedon. Die eigenthümliche Beziehung des Cultus zu dieser Schlacht ist dann schlagend auf der Hauptseite des Tempels ausgedrückt, in dem Ostfriese, der erst durch diese Beziehung die oft vermisste Einheit des Ganzen herstellt und sich mit den Darstellungen der anderen Friesseiten sinnvoll zusammenschliesst. Wenn die Reliefs der Ostseite des Tempels eine Götterversammlung vorführen, in der Athena mit immerhin einfachen Mitteln künstlerischen Ausdrucks in ein so sprechendes Verhältniss zu allen Anwesenden gebracht ist, wie eine eintretende Erzählerin den Mittelpunkt und das Hauptinteresse des Ganzen in so augenfälliger Weise bildet, dass man in durchaus naiver Fassung des Gesammteindruckes der Composition »die erste Erscheinung, die Aufnahme der Athena unter die Götter« darin erblicken konnte — ist wohl ein schicklicheres Thema als dieses und eine schlichtere Durchführung desselben für ein Heiligthum denkbar, von welchem eine fremde Athena Besitz ergriffen hatte, um sich in ihm unter den Gottheiten des attischen Landes einzubürgern und ihnen den Ruhm attischer Tapferkeit durch ihre Gegenwart zu bezeugen?

Die Zahl hervorragender attischer Künstler jener Zeit, denen der Staat die Ausführung bedeutender Aufträge anvertrauen konnte, ist nicht so gross und unsere Kenntniss attischer Kunst durch beständigen unverhofft ergiebigen Zuwachs neuer Monumente in so sichtlichem Fortschritte begriffen, dass die Zeit nicht mehr fern sein kann, in der es gelingen muss, die künstlerischen Urheber öffentlicher Monumente zu ermitteln. Die gewaltige Einheitlichkeit alles bildnerischen Schmuckes, welche der Parthenon der schöpferischen Erfindungskraft und der geduldigen Leitung des Pheidias dankt, ist ohne bestimmte geschichtliche Vorstufen nicht vorstellbar, obschon oder vielmehr weil sie einzig in ihrer Art und unübertroffen dasteht. Eine solche Vorstufe ist in dem wohlüberdachten Plane der Gründung und in der bescheiden durchgeführten Ausstattung des Niketempels, dem überdies noch die Giebelzierden fehlen, kaum zu verkennen. Sinniger und zugleich stolzer liess sich das sieghafte Wesen der Göttin und die Sicherheit ihres Schutzes nicht aussprechen, als wenn Nike den Aufgang zur Burg beherrschte, den einzigen, der möglich war, wo allein Abwehr denkbar gewesen wäre; hier fiel die innere Verbindung des Bildschmuckes am Fusse und am Kranze des Tempels den Heraufkommenden unmittelbar in die Augen, und wenn er vor den Eingang des Heiligthums gelangt war, konnte er in dem Cultusbilde und über ihm in dem Friese den geschichtlichen und religiösen Zusammenhang der ganzen Stiftung finden. Es ist möglich, sogar wahrscheinlich, dass bei der Ausdehnung des sicher nicht im Fluge vollendeten Baues, den Kimon auf der Südseite der Burg mit Inbegriff der Bastion auszuführen hatte, der Sculpturenschmuck des Niketempels frühestens in die Fünfziger Jahre des fünften Jahrhunderts fällt und sich zeitlich theilweise mit den Sculpturen des Parthenon berührt, dessen Bauzeit, wie Richard Schöne gezeigt hat, in viel höhere Zeit hinaufreicht als ehedem angenommen worden ist. Die Gesammtanlage des Frieses am Niketempel hat Aehnlichkeit mit derjenigen des Parthenonfrieses. Hier wie dort ist die Eingangsseite einer Götterversammlung vorbehalten, während die drei übrigen unter einander enger zusammengehörigen Seiten das Thema einer in sich geschlossenen Handlung variiren. Hier wie dort steht die Götterversammlung in Bezug zu dieser Handlung. Während dieser Bezug am Parthenon aber einen streng verfolgbaren und in unerschöpflichem Gedankenreichthum durchgebildeten künstlerischen Ausdruck gefunden hat, ist er am Niketempel gegeben durch einfache Zusammenstellung äusserlich getrennter Theile, deren Syntax gleichsam zu suppliren ist. Während in den kleinsten Zügen des Parthenonfrieses überall die Idee des Ganzen durchblickt, überall Rhythmus, Verbindung, Gliederung vorherrscht, fallen hier die Ecken auseinander, die Einheitlichkeit ist mehr gewollt als erreicht. Einer hochstrebenden Erfindung haftet eine gewisse Kärglichkeit der Leistung an, die sich auch im Einzelnen in der zuweilen matten, einförmigen Gruppirung wie in der feingefühlten aber doch etwas steifen und stellenweise selbst noch leise alterthümlichen Zierlichkeit der Formengebung verräth. Man

kann sagen, der Fries des Niketempels verhalte sich zu demjenigen des Pheidias
wie eine volksthümliche Erzählung zu dem vollendeten Vortrage eines grossen
Dichters, und in diesem Verhältniss kündigt sich sicherlich nicht blos ein
Abstand der Kraft und des Vermögens, sondern ein historischer Fortschritt
an. Wie der ganze Auftrag aus einer früheren Zeit stammt, so glaubt man
in seiner Ausführung die Art eines von dem reformirenden Auftreten des Pheidias keineswegs unberührten, aber entschieden älteren Künstlers wahrzu-
nehmen. Es wäre verfrüht, die persönliche Frage schon jetzt zu stellen, vor
einer genaueren Analyse der Sculpturen des Frieses, von denen sich im Allgemeinen behaupten lässt, dass sie stilistisch etwa in der Mitte liegen zwischen
den Metopen und dem Friese des Parthenon, ihrer innern Art nach den
Reliefs des Erechtheion nahe stehen und einen scharfen Gegensatz bilden
gegen den mehr in myronische Richtung einschlagenden Charakter der
Sculpturen des Theseion. Die Betheiligung eines Künstlers der kimonischen
Zeit am Niketempel lässt sich aber schon jetzt mit Wahrscheinlichkeit nachweisen, und dieser Künstler tritt bei erneuter Prüfung der Ueberlieferungen,
die wir über ihn besitzen, überhaupt massgebender hervor: Kalamis.

Wenn nämlich das Cultusbild der Athena Nike von Kimon gestiftet
wurde und Kalamis dasselbe in Olympia für die Mantineer wiederholte, so kann
es nur sein eigenes Werk gewesen sein, das er zum zweiten Male ausführte.
Die Eigenart der Künstler ist im Wesentlichen dieselbe heute wie vor Tau-
senden von Jahren. Auch wenn es ausdrücklicher Wunsch und Wille der
Mantineer gewesen wäre, würde es einem Meister von dem Rufe und der
Geltung des Kalamis, der für einen Hieron von Syrakus eine grosse Arbeit
in Olympia, für die Lakedaimonier einen Staatsauftrag in Delphi ausführte,
schwerlich angestanden haben, das Werk eines Zeitgenossen, selbst eines ihm
nahestehenden und befreundeten, wie ein Schüler zu wiederholen. Billiger
und natürlicher würden sich die Mantineer mit einem solchen Verlangen an
jenen anderen Urheber des Werkes selbst gehalten haben, oder Kalamis hätte
sie in seine Werkstatt verwiesen. Umgekehrt ist zumal in der alten Zeit,
die ihre gewaltigen Fortschritte gutentheils durch einen strengen Haushalt
künstlerischer Production ermöglichte, nichts einfacher und begreiflicher, als
dass Kalamis seine eigene Erfindung vervielfältigte. Will man einen Beleg,
wo die Sache sich selbst erläutert, so liefert ein vollkommen entsprechendes
Beispiel Kanachos von Sikyon, der einen Apollon in Erz für das Branchiden-
heiligthum von Milet ausführte und diese Figur sogar bis auf das Mass

identisch in Cedernholz für den Tempel des ismenischen Apollon in Delphi
wiederholte. Auch liegt in der Anlage des Cultusbildes der Athena Nike
nichts, was der Art des Kalamis zuwider wäre. Auch sein Asklepios von
Sikyon war im weiteren Sinne des Wortes ein Xoanon und hielt zwei
Attribute in den Händen wie Athena Nike, in der einen ein Scepter, in
der anderen eine Pinienfrucht.

Mit dem Cultusbilde der Athena Nike trat Kalamis nicht zum ersten
Male in Beziehung zu dem Kreise des Kimon, darauf leitet mit Bestimmt-
heit ein anderes Werk das wir von ihm kennen. Pausanias führt am Ein-
gange der Burg eine Aphrodite des Kalamis an, welche Kallias geweiht haben
sollte, und nach einer glaubwürdigen Vermuthung U. Köhlers rührt eine bei
den Propylaien befindliche Statuenbasis mit der Inschrift (C. I. A. I. n. 392)
ΚΑΛΛ. ΑϚΗΙΠΠΟΝΙΚΟΑΝΕΘ von diesem Werke her. Man hat längst erkannt,
dass unter diesem Kallias der bekannte Lakkoplutos zu verstehen sei und
dass mit seinem Anathem die berühmte Sosandra des Kalamis identisch ist,
welche Lukian noch an dem nämlichen Ort kennt und als eine hohe Schön-
heit feiert, obschon der eigenthümliche und offenbar populäre Name Sosandra
selbst, der als Eigenname so wenig wie als mythologischer Beiname sonst
nachweisbar ist, nicht genügend dabei erklärt werden konnte. Auffälliger-
weise sind aber die natürlichen Folgerungen aus diesen Prämissen noch nicht
gezogen worden. Das auf der Akropolis seltene Votiv einer Aphrodite, der
Sinn der Stiftung und der merkwürdige Beiname Sosandra werden mit einem
Male klar, wenn man sich erinnert, dass Kallias, der Schwager des Kimon
war, dass er um die vielgefeierte Elpinike länger geworben und um ihre Hand
zu erhalten, wie eine alte attische Tradition zu berichten wusste, mit fünfzig
Talenten den Kimon aus der Haft für die Schuld seines Vaters befreit hatte.
Die Frage, wie weit diese Tradition, welche für echt gilt*), historischen Werth
habe, ist für die Erklärung der Statue des Kalamis von keinem Belang. Es
liegt auf der Hand, dass Kallias aus Dankbarkeit dafür, dass Aphrodite ihm
die stolze Elpinike zugeführt hatte, ein Bild der Göttin auf die Akropolis
stiftete, und es macht keine Schwierigkeit vorauszusetzen, dass ihr Beiname
Sosandra, der wie eine Parodie des mythologisch gebräuchlichen Soteira
klingt und den sie offenbar trug, weil sie zugleich den Kimon von der Ati-
mie befreit hatte, etwa einer versteckten Anspielung der alten Komödie, die

---

*) Vischer Kimon p. 41 ff.

sich überhaupt mit Kimon Elpinike und Kallias beschäftigte*), seine Entstehung und seine Popularität verdankt und sich so im Munde der Exegeten der Akropolis bis in späte Zeiten erhalten konnte. Die Aphrodite des Kalamis fällt demnach etwa in den Anfang der kimonischen Politie. Auch sonst fügt sich Alles der natürlichen Vorstellung, dass Kalamis wie Polygnot in näherer Beziehung zu Kimon gestanden habe. Unwillkürlich drängt sich der Gedanke auf, dass Kimon in seiner Eigenschaft als Proxenos und besonderer Vertrauensmann von Sparta dem Kalamis persönlich den Staatsauftrag vermittelt habe, den er in Delphi für die Lakedaimonier ausführte; und nachdem er im dritten messenischen Kriege mit den Mantineern in Berührung gekommen war, würde sich in gleichem Sinne die Wiederholung des Cultusbildes der Athena Nike, an das sich für ihn begreiflicher Weise ein höchstes Interesse knüpfte, als durch ihn für die Mantineer veranlasst, in besonders befriedigender Weise vergegenwärtigen lassen. Kurz man hat Ursache, Kalamis als einen der aristokratischen Partei nahestehenden Künstler zu betrachten, den Kimon mit dem Auftrage, das Andenken der Schlacht am Eurymedon zu verewigen, auszeichnete, weil er schon lange sein persönliches Vertrauen und seine persönliche Achtung genoss; und wenn es erlaubt ist die gewonnene Vorstellung in eine scharfe Formel zu fassen, so könnte man sagen: sie standen in einem ähnlichen Verhältniss zu einander wie Perikles und Pheidias.

Dem Kalamis war also ein ehrenvolles Theil der grossen Aufgabe zugefallen, welche die ersten Künstler der Kimonischen und Perikleischen Zeit zusammenführte und ihre höchste Leistung für den Schmuck des attischen Burgheiligthums in Anspruch nahm. Bei der langen Dauer seiner Thätigkeit und bei der Anerkennung, die er noch in späten Zeiten fand, ist sogar anzunehmen, dass seine Betheiligung noch weiter reichte**) als gegenwärtig zu

---

*) Kimon und Elpinike bei Eupolis Meineke Fragm. com. II 1 p. 512, Kallias bei Kratinos ib. p. 220 ff.

**) Es sei erlaubt, in dieser Hinsicht noch eine Vermuthung zu äussern, die sich von verschiedenen Seiten empfiehlt, wenn sie auch vor der Hand zu einem höheren Grade von Wahrscheinlichkeit nicht gebracht werden kann. Dem Andenken des alten Sieges der Athener über Chalkis war bekanntlich ein berühmtes bronzenes Viergespann gewidmet, welches auf der Akropolis zwischen den Propylaien und dem Poliastempel stand (Michaelis Mittheil. des deutschen arch. Instituts in Athen II p. 95 ff.) und nach der erhaltenen Weihinschrift (C. I. A. I 334) in Perikleischer Zeit entweder neu errichtet oder nach einem in den Perserkriegen zu Grunde gegangenen alten Anathem wiederhergestellt worden war. Der ungenannte Künstler dieses nach den Dimensionen der Inschrift sehr bedeutenden Werkes, das von Staats-

erkennen ist oder zu vermuthen steht. Aber sein bestes Wollen und Können war gestreift durch jene unvermeidlichen Schatten, welche die taghell aufgehende Vollendung der Kunst durch Pheidias über alles Vergangene warf. Es muss den älteren Meistern jener Zeit zu Muth gewesen sein, als ob sich der Boden unter ihren Füssen verlöre, als die nämlichen Gedanken und die nämlichen Formen, in deren Ausgestaltung sie die Kraft ihres Lebens eingesetzt hatten, wie durch ein Wunder seiner Hand mit einem Male eine Grösse gewannen, die eine ungeahnte Welt neuer Erscheinungen zu begründen schien; und man begreift nach den tragischen Schicksalen des Pheidias, dass nicht Alle die Haltung fanden, welche in freiwilliger Unterordnung und schrankenloser Anerkennung fremder Ueberlegenheit für redlich Wollende die einzig mögliche Rettung bietet. Auch Pheidias hatte in seiner Parthenos der Idee nach eine Athena Nike geschaffen; aber sein Werk lag darüber hinaus wie eine endliche Erfüllung über die Verheissungen gebundener Versuche. Die Beschränkung, welche durch bestimmte örtliche und zeitliche Beziehungen dieser ältern Bildung anhaftete, war gefallen; nicht die Göttin einer Schlacht, nicht die Glück und Ruhm im Kampfe verleihende Athena, nicht überhaupt das Wirken einzelner Seiten ihres Wesens, sondern Sieghaftigkeit in der ruhig waltenden Fülle ihres ganzen Wesens bedeutete das Ideal, dem Pheidias Gestalt verliehen hatte, und diese Gestalt selbst war ein Sieg der Vollendung, dessen Tragweite zu ermessen Niemand im Stand war. Athena Nike hat ihren öffentlichen Werth und sogar ihr öffentliches Verständniss verloren, als rasch genug die geschichtliche Spur und das Gedächtniss der Perserkriege sich verlor; unter dem Zeichen der Parthenos traten die Athener eine Herrschaft an, deren Grenzen noch heute sich erweitern.

---

wegen geweiht war, kann nur unter den ersten Namen der Zeit gesucht werden. Eine berühmte Quadriga aus Erz, von welcher Plinius 34, 71 berichtet, ohne den Ort ihrer Aufstellung und den Anlass ihrer Stiftung zu erwähnen, hatte Kalamis gearbeitet, gemeinschaftlich mit Praxiteles (dem attischen Bildhauer des fünften Jahrhunderts, wie Wilhelm Klein treffend bemerkt hat, in ähnlicher Theilung der Arbeit, wie er mit Onatas das Viergespann für Hieron in Olympia ausführte). War diese Quadriga des Plinius identisch mit derjenigen der Akropolis, so würde sich dadurch sehr gut erklären, wie an diesem besuchtesten Orte der sprichwörtliche Ruhm des Kalamis als Pferdebildner und in späten Zeiten die pikante Ciceronianekdote über die Betheiligung des Praxiteles entstehen konnte. — Dagegen ist die weiterhin bei Plinius erwähnte »Alcumena« aus der Liste der Werke des Kalamis mindestens als zweifelhaft auszuscheiden. Die Stelle ist verderbt, und was die Ueberlieferung bietet (Alchimena C alcamen et B¹, alcame et B²), sichtlich entstanden durch den unmittelbar folgenden »Alcamenes.«

Die beifolgende Kupfertafel reproducirt in einer geringen Reduction
und leider nicht in durchaus gleichmässiger Schärfe eine Auswahl Münzen
von Side nach Abdrücken, die ich der gütigen Vermittlung der Herren
Julius Friedländer in Berlin, A. S. Murray in London, Friedrich
Kenner in Wien und meines Freundes Alfred Schöne in Paris verdanke.
Da bei der gewählten Art der Reproduction eine Bezifferung der einzelnen
Stücke auf der Tafel selbst nicht gut möglich war, so sind dieselben in
den Beschreibungen auf p. 28—3o des Textes reihenweise von links oben
gezählt:

I. Reihe, N. 1. 2. 3

II. » N. 4. 5

III. » N. 6. 7. 8

IV. » N. 9. 10. 11

V. » N. 12. 13. 14

VI. » N. 15. 16

N. 1—4 befinden sich im Münzcabinet des Berliner Museums; N. 5
und 14 im Antikencabinet zu Wien; N. 6, 7, 9, 12, 13 im Münzcabinet
des Britischen Museum; N. 8, 10, 11, 15, 16 im Cabinet des médailles in
Paris. Die Münzen der beiden ersten Reihen sind von Silber, die übrigen
von Bronze.